마음
탄다,
말을
탄다.

마음 탄다, 말을 탄다.

승마가 내게 알려준 소중한 것들

김지나 지음

브레인스토어

Contents

프롤로그
Prologue

나는 어릴 때 몸이 약했다.

아주 갓난아기였을 땐 의사로부터 시한부 선고(?)를 받기도 했다.
고등학교 때까지도 나는 건강과 거리가 멀었다. 간절기가 되면 어김
없이 감기에 걸렸고 남들은 약 먹고 하루 이틀 쉬면 낫는다던데 나는
몇 날 며칠을 끙끙 앓았다. 시험기간이면 배도 아팠다. 그 알 수 없는
복통은 시험기간인 걸 어떻게 알았는지 귀신같이 찾아와 안 그래도
시험 때문에 괴로운 나를 더 괴롭혔다.

수험생 시절에는 야간자율학습을 끝내고 오밤중에 귀가하는 딸이
안쓰러우셨는지 엄마는 밤 11시에 물만두, 고로케, 유부초밥 같은 간
식을 챙겨 주셨다. 홍삼도 꼬박꼬박 먹었다. 엄마에게 나는 여전히 '죽
을 고비를 넘겼던 연약한 아기'였던 것 같지만 그렇게까지 연약하지
는 않았던 나는 점차 살이 쪘다. 그때는 탓할 데가 없어 홍삼 탓을 했
으나 홍삼은 아무 잘못이 없었다. 그렇게 난 신경과민의 약간 통통한
고3 수험생이 됐다.

대학에 합격하고 헬스장을 다니기 시작했다. 운동기구를 이용하

는 시간보다 헬스장을 유유자적 산책하는 시간이 더 많았던 것 같은데 금방 뱃살이 빠졌다. 책상에 앉아 있지 않는 것만으로도 살이 빠지는구나 생각했던 건 착각이었고, 밤늦게 뭘 먹지 않고 조금이라도 몸을 움직이니 당연히 빠지는 것이었다. 수험생 시절 살이 찌는 날 보면서 엄마는 저렇게 자꾸 살이 쪄서 어떡하나 생각하셨단다. 아니 엄마가 그렇게 먹여 놓고 이제 와서?

나는 학교 안에 있는 스포츠센터로 거점을 옮겨 '재즈댄스'란 것을 배웠다. 2000년대 초반 이효리를 필두로 걸스힙합이 유행하면서 나의 목표는 '효리복근 만들기'가 됐다. 술을 너무 좋아해서 복근은 늘 생겼다가 사라지기 일쑤였지만, 그러면서도 정말 꾸준히 다녔다. 도대체 왜 그렇게 열심히 다녔는지 모르겠으나 다리에 피멍이 들고 발에 물집이 잡혀도 그게 훈장이라도 되는 듯 즐겁기만 했다. 그렇게 나는 180도를 넘어 360로 돌아가는 다리찢기를 완성했고, 학교 스포츠센터 재즈댄스 수업의 역사(고인물)가 되어 갔다.

하지만 그렇게 열심히 했던 재즈댄스도 10년 넘게 하자 흥미가 떨어지기 시작했다. 이제 바닥을 굴러야 하는 동작을 할 때면 무릎 관절이 너무 아팠고, 다리를 찢으면서는 '내가 이걸 왜 이렇게 고통스럽게 하고 있어야 하지?'란 생각이 들었다. 강사 선생님을 포함해 수강생 모두가 나보다 최소 다섯 살에서 열 살은 어려 보였다. 그때 깨달았다. 이제 재즈댄스를 그만할 때가 됐다는 걸.

이후로 홈트(홈트레이닝)에 정착을 했다. 돈도 안 들고 효과도 좋았지만 운동만을 위한 운동은 도무지 재미가 없었다. 운동을 재미로 하냐 싶겠지만 재미가 없기 때문에 많은 현대인들이 다이어트에 실패하는 거다. 그러던 어느 날, 무료하게 인스타그램 피드를 보던 나에게 운명처럼 나타난 게시글이 있었다. 그래, 이거다! 알 수 없는 이끌림에 홀려 전화로 예약을 하고 새로운 운동의 첫 번째 강습을 받으러 갔다.

그건 바로 승마였다.

제1장

1개월 차

승마를 시작했습니다

The horse, with beauty unsurpassed, strength immeasurable and grace unlike any other,
still remains humble enough to carry a man upon his back.

다의 추종을 불허하는 아름다움, 헤아릴 수 없는 힘, 다른 어떤 것과도 비교할 수 없는
우아함을 지닌 말은 그럼에도 여전히 사람을 등에 태울 정도로 겸손하다.

- Amber Senti

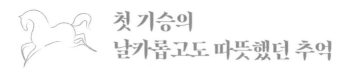

첫 기승의
날카롭고도 따뜻했던 추억

"오늘 첫 기승이세요? 완전 처음?"

어딘지 날카로워 보이는 인상의 코치님은 걸음마부터 가르쳐야 한다는 생각에 답답함이 엄습하신 것 같았다. 그래서 첫날부터 괜히 위축되긴 했지만 몇 달 겪어 보니 이분은 원래 말투가 그러신 것뿐이었다. 코치님마다 약간씩 차이는 있어도 기본적으로 승마는 혼나면서 배우는 거였는데, 이렇게 누군가에게 신명 나게 혼나는 경험은 참으로 오랜만이었다.

아직은 선선한 가을 날씨였던 10월 마지막 주의 어느 날, 처음으로 말을 타러 갔다. 제발 재밌었으면 좋겠다는 간절한 마음을 안고. 재즈 댄스를 대신할 새로운 운동 취미가 필요하기도 했지만, 각종 부업(?)이 늘어나면서 쉴 시간은 줄고 쓸 돈만 많아지자 자꾸 비싼 술과 음식으로 탕진하게 됐기 때문에 뭐든지 간에 어떤 돌파구가 있어야 했다. 먹고 마시는 원초적인 즐거움 말고, 복잡한 머리를 정돈해 줄 수 있는 무언가가.

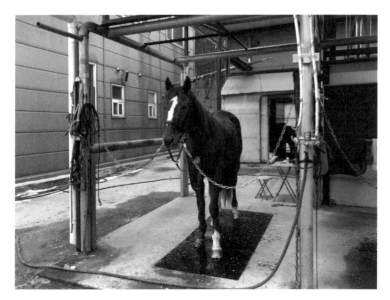

수장대에서 얌전히 대기 중인 애플이. 무슨 생각을 하고 있는 걸까?

　　승마장에 도착했을 때, 몇 마리의 말들이 수장대(*말에 안장 등을 얹고 기승 준비를 하는 곳)에 얌전히 서 있는 것이 보였다. 자세히 보니 수장대 기둥에 체인이 연결돼 있고 이 체인이 말 입 양쪽에 (정확히는 말이 물고 있는 재갈이 연결된 굴레에) 각각 한 줄씩 걸려 있었다. 그것 말고 이 말들을 제재하고 있는 것은 아무것도 없었다. 그런데도 말들은 미동도 없이 얌전히, 정말 얌전히 서 있었다. 저 상태가 편한 걸까, 아무 생각이 없는 걸까, 아님 그냥 포기한 걸까. 예전에 키우던 강아지는 잠시 좀 혼자 있으라고 어디 묶어 놓기라도 하면 세상 억울한 듯한 눈빛으로 쳐다보곤 했었는데. 게다가 말은 몸무게가 나보다 열 배는 되는 동물이다. 얘가 마음만 먹으면(?) 얼마든지 나를 뒷발로 후려치고 도망갈 수도 있지 않을까. 저렇게 순종적이니 수천 년 동안 인간이 자유자재로 이용할 수 있었던 거구나 싶어, 어쩐지 안쓰러운 마음이 들었다.

"자, 잘 기억하셔야 돼요. 이게 고삐, 이게 안장, 이게 등자라는 거예요."

기억 못 하면 회초리라도 맞을 것 같은 분위기에 '괜히 왔나?' 생각도 들었지만 일단 10만 원에 달하는 1회 강습료를 지불했으니 당당해져 보기로 했다. 고삐와 안장은 많이 들어 본 거라 괜찮은데 등자는 왜 이렇게 입에 안 붙는지 자꾸만 까먹었다. 지금은 (등자 세게 밟는다고) 하도 많이 혼나서 절대 잊어 먹지 않는 단어가 됐지만.

등자는 쉽게 말하면 '발걸이'인데, 말을 탄 사람이 발을 걸도록 안장에 달려 있는 장치다. 이게 없으면 말에 오르는 일도, 말 위에서 균형을 잡고 리듬을 타는 일도 매우 불편한 정도를 넘어, '등자 없이 말을 타는 게 가능해?'란 생각이 들 만큼 힘들기 때문에 초보자들은 이 작은 등자에 온몸과 마음을 의지한다. 그래서 '등자를 세게 밟는' 것은 말을 처음 타는 사람들이 가장 많이 하는 실수 중 하나다(그리고 그밖에도 수없이 많은 실수를 한다).

다른 승마 용어들은 친숙한 것이 많았다. 말이 입에 물고 있는 것은 재갈이다. 이 재갈이 고삐와 연결이 되고 사람은 고삐 잡는 힘을 통해서 말에게 의사를 전달할 수 있다. 말에게 '가자!'는 신호를 강하게 줘야 할 때 뒤꿈치로 말 옆구리를 꾹 누르는데, 그 효과를 높이려 신발 뒤축에 끼우는 장치를 박차라고 한다. '박차를 가하다' 할 때 그 박차다. 왜 우리는 (승마를 하지 않는 사람도) 승마 용어를 이렇게 잘 알고 있는 걸까. 그만큼 사람이 말과 함께한 세월이 길다는 뜻일 거다.

따뜻한 햇살을 즐기며 쉬고 있는 말들

아주 예전에 고삐는 손잡이가 아니고 사람은 말 위에서 그냥 허벅지 힘으로 중심을 잡고 앉아 있어야 한다는 이야기를 들은 적이 있었다. '헐, 그게 가능해?'라고 생각했었는데, 승마를 해 보니 말의 등은 생각보다 안정적이고 또 따뜻했다. 겨울에 한참 신나게 말을 타고 내리면 그 온기가 사라져서 더 춥게 느껴질 정도였다.

코치님이 말은 허리가 약한 동물이라고, 1억짜리 소파에 앉는다 생각하라고 하셨다. 승마를 조금이라도 배워 본 사람들은 아는 내용인데, 말을 탈 때는 '반동'을 잘 받는 것이 매우 중요하다. 말의 움직임에 따라 사람도 같이 일어났다 앉았다를 해 줘야 말 허리에 부담이 덜 간다. 그런데 1억짜리 허리가 약한 동물이라고 하니 좌불안석이 따로 없었다. 그래서 나는 앉아야 하는 타이밍에 거의 앉는 둥 마는 둥 하며 말 위에서 서서 달리는 서커스(?)를 하기 시작했다. 그랬더니 또 제대로 앉지 않는다고 혼이 났다.

"1억짜리 소파라고 하셔서……."

"지금 거의 10억짜리라고 생각하시는 것 같은데요! 1억이에요, 1억."

1억이든 10억이든……. 이렇게 허리를 혹사당해도 자신의 등을 기꺼이 내어 주며 체온까지 나눠 주는 말들은 정말이지 덩치값 못 하게 착하기 그지없는 순둥이들이었다. 난 그렇게 1시간 만에 말과 사랑에 빠지고 바로 6개월짜리 회원권을 결제했다.

운동은 장비발

2022년 2월, 나는 파리로 가는 비행기를 탔다. 코로나 이후 2년 4개월 만에 떠나는 해외여행길이었다. 그 이전의 마지막 목적지는 뉴욕이었는데, 졸업하고 그나마 모아 두었던 돈을 탈탈 털어서 다녀왔다. 적지 않은 돈이었음에도 뉴욕의 미친 물가에 비하면 빠듯한 예산이었다. '이래도 되나' 싶은 죄책감 비슷한 마음이 들었지만 그냥 왠지 가야 할 것만 같아서 두 눈 딱 감고 질러 버렸다. 그리고 코로나 암흑기 2년을 보내며 그때 나의 선택이 얼마나 잘한 일이었는지 스스로를 칭찬하곤 했다. 역시 돈은 있을 때 써야 하고 여행은 갈 수 있을 때 가야 한다. 앞으로 이 말을 우리 집 가훈으로 삼을까 싶다.

그렇게 다시는 해외여행을 못 갈 것만 같던 나날이 이어지다, 드디어 기회가 왔다. 미국, 유럽 같은 나라들은 백신 생산과 접종이 본격적으로 진행되면서 일찌감치 국경의 빗장을 풀었고, 우리나라도 백신접종을 완료한 사람에게 자가 격리를 면제해 주기 시작했다. 나는 달력을 뒤적였다. 그리고 2월 초에 있는 아름다운 연휴를 발견했다. 이틀만 휴가를 내면 미국이든 유럽이든 다녀올 수 있을 것 같았다. 나는 뉴

욕 여행 때의 결단이 얼마나 신의 한 수였는지를 떠올리며 구글 지도를 켰다.

"네가 좋아하는 파리나 한 번 더 갔다 오는 게 어때?"

고민하던 나에게 누군가가 던진 이 한마디는 잔잔한 호수에 커다란 파문을 일으키는 돌멩이처럼 내 마음을 동요시켰다. 파리. 생각만 해도 설레는 파리. 내가 유럽에서 가장 좋아하는 도시 파리. 그래, 파리를 가자. 파리는 이미 몇 번이나 다녀온 도시였지만 또 가고 싶었다. 그건 운명이었을까. 파리에서 말을 탈 운명.

남들은 라파예트 백화점에서 백을 살 때, 개선문 근처 지하 매장에서 승마 장비를 살 운명.

그렇게 파리행 티켓을 끊고 얼마 후, 난 승마를 시작했다. 보통 새로운 운동을 시작하면 옷이며 장비를 새로 사고 싶기 마련이다.(나만 그래?) 아무 도구가 필요 없는 재즈댄스를 할 때도 무슨 옷을 입을 건지는 아주 중요한 이슈였다. 솔직히 이건 강사 선생님도 인정했다. 옷이 이뻐야 거울에 비친 내 모습도 멋있어 보이고 더 자신감 있게 할 수 있다고. 개똥철학 같지만 스포츠센터에서 무료로 빌려 주는, 땀이 나면 검게 물드는 회색 추리닝을 입고 운동하는 것보다 단돈 만 원짜리라도 쇄골이 보이는 티셔츠를 입는 게 훨씬 운동할 맛 나는 건 사실이었다. 왜 룰루레몬, 뮬라, 젝시믹스 같은 브랜드가 성공했겠는가. 예쁜 운동복은 운동을 열심히, 꾸준히, 기분 좋게 할 수 있도록 만드는 원동력이다.

승마에도 당연히 필요한 옷과 장비가 있다. 첫날은 일단 청바지와

운동화면 된다는 지령을 받고 누가 봐도 오늘 처음 말 타는 사람처럼 소박하게 입고 갔다. 장갑도 꼭 필요한 것인데, 골프장갑이면 된다고 했지만 우리 집엔 골프장갑조차 없기 때문에 쿠팡에서 저렴이 승마 장갑을 하나 샀다. 그밖에 필요한 헬멧, 보호 조끼, 그리고 종아리를 감싸는 챕스(chaps)는 승마장에서 빌려 쓸 수 있었다.

　얼마간 나의 승마 패션은 계속 그 상태였다. 청바지와 운동화, 그리고 승마장에서 무료로 대여해 주는 장비들. 이미 수강료만으로도 거금이었기 때문에 옷이든 뭐든 승마 용품을 산다는 건 아직 초짜인 나에겐 좀 사치처럼 느껴졌다. 하지만 나도 내 개인장비를 사고 싶긴 했다. 승마장에 가면 아이들이나 초보자이신 분들도 바지와 부츠 정도는 다 갖추고 있었고, 어떤 분은 나보다 덜 자주 승마장에 오는 것 같은데 헬멧이며 부츠, 그리고 그것들을 담는 전용 백팩까지 갖고 있으셨다. 도대체 왜 빌려 쓸 수 있는데 (선수 할 것도 아니면서) 내 장비가 갖고 싶은 걸까. 요즘 헬스에 미쳐 있는 후배가 자꾸 운동용품이 쌓여간다고 고백하면서 나보고는 승마 장비도 사야 되는 거냐, 그거 다 승마장에서 대여해 주는 거 아니냐길래 뭔가 이 자식은 해답을 알고 있나 싶어서 물었다.

"그러는 너는 왜 대여 안 하냐."

그는 아무 대답이 없었다. 나는 그냥 재즈댄스 선생님의 철학을 계속 신봉하기로 했다. 역시 운동은 장비발이다.

승마 장비는 다른 스포츠(예를 들어 중년 스포츠의 대명사 골프)에 비해 파는 곳도 적고 선택지도 많지 않지만, 그래도 우리나라에서 살 수 있는 곳이 아예 없는 건 아니다. 인터넷 검색을 하다 보면 직구를 하는 사람들의 후기도 종종 보였다. 그런데 나는 몇 달 후면 파리를 갈 것이었다. 파리가 어떤 곳인가. 승마라면 영국과 종주국 자존심을 다투는 프랑스의 수도 아닌가. 직구가 아니라 정말 직접 가서, 눈으로 보고 장비를 살 수 있는 기회가 나에게는 있었다. 출국까지 세 달 정도 시간이 남았으니 그동안 장비 욕심 내지 않고 말만 열심히 타자고 다짐했다.

어느 날부터는 말을 타고 나면 무릎 안쪽에 자꾸 상처가 났다. 청바지라 함은 광부들의 작업복으로 시작한 튼튼하고 질긴 옷의 대명사아닌가. 그런 청바지를 뚫고 몸에 상처가 나는 걸 보니 승마바지는 참으로 꼭 필요한 아이템이로군, 하고 생각했지만 파리에서의 쇼핑 찬스는 다시 한번 이성이 나를 지배하도록 만들었다.

평소에 청바지 입을 일이 별로 없는 나는 청바지도 단 한 벌뿐이어서 줄곧 그 바지만 입고 말을 타러 갔다. 가을이 저물고 열혈 승마인들만 말을 탄다는 겨울이 돼도 나의 의상은 변하지 않았다. 보다 못한(?) 승마장 감독님이 한마디 하셨다.

"내 바지라도 줄까?"

"아…… 사실 제가 좀 있으면 파리를 가거든요. 가서 왕창 사 올 거예요."

나의 수줍은 고백에 그제야 감독님과 코치님들이 이해가 간다는 표정을 지으셨다. 승마장에 말 타러 오는 사람이 눈에 띄게 줄어드는 겨울철에도 매 주말 아침마다 꼬박꼬박 오면서, 어떤 날은 2시간씩도 타면서, 이제 실력도 꽤 늘었는데 부츠는커녕 바지도 사지 않는 건 약간 의문의 대상이었던 것 같다. 이 모든 것은 역시나 하나의 명제로 수렴한다.

운동은 장비발이다.

승린이의 꿈

이번에 다녀온 파리 여행은 준비 과정부터 아주 설렜다. 물론 모든 여행은 즐겁고 설레지만 이번 여행은 그간과 조금 달랐다. 2년 만에 대한민국 국경을 넘어 해외로 나가는 것인 데다 그만큼 의지와 상관없이(?) 모인 여윳돈이 많았다. 신경 써야 할 동행도 없었다. 사촌 동생이 같이 가도 되냐고 숟가락을 얹으려고 하자 나는 바로 철벽을 쳤다.

오미크론이 등장하면서 백신접종자도 해외에서 들어오면 자가 격리를 의무적으로 해야 한다는 소식이 들려왔지만 아랑곳하지 않았다. 여행을 취소하거나 연기하는 사람들도 있었으나 나는 현실 부정인지 대책 없는 낙관인지 예정대로 여행을 밀어붙였다. 겨우 일주일 자가 격리 때문에 이번 여행을 포기하면 안 된다는 묘한 예감이 들었다.

우선 호텔부터 역대급으로 사치를 부렸다. 그래 봤자 같은 가격의 우리나라 호텔방에 비하면 1/4도 안 될 것 같은 크기지만, 이 작은 방에서 자가 격리를 한다고 해도 좋을 것 같았다. 매일 아침 프랑스의 맛있는 바게트와 크루아상에 버터를 발라 카페 알롱쥐와 함께 먹을 생각을 하니 알지도 못하는 샹송을 콧노래로 부르고 싶은 기분이었다. 그래서 괜히 애플뮤직에서 '프랑스 샹송 대표곡'을 골라 틀어 놓기도 했다.

비행기표를 끊은 뒤 나는 오페라극장 스케줄을 확인했다. 마침 <피가로의 결혼>이 딱 내가 파리에 있는 동안 공연될 예정이었다. 오 세상에. 이건 파리에서 오페라를 보라는 신의 계시였다. 그런데 티켓 오픈 날짜를 놓치는 바람에 정신 차리고 예매 페이지에 들어갔을 땐 이미 모든 좌석이 매진이었다.

'뭐야, 파리 사람들 이렇게나 오페라를 좋아해?'

하는 수 없이 대기를 걸어 놓고 반쯤 포기한 채 (그런 것치고는 상당히 자주) 파리오페라극장 홈페이지를 들락날락거렸다. 그러던 어느 날, 거짓말처럼 좌석이 한 자리 나와 있었다! 그것도 가장 높은 클래스의 좌석으로. 또 신의 계시가 내려온 것이었다. 오페라 그냥 보지 말고 제일 좋은 좌석에서 보라고. 나는 한 0.1초 정도 고민을 한 후 결제 버튼을 눌렀다.

0.1초의 고민을 한 이유는 오페라 예매에 실패하고 그 대신이라고 하긴 뭐하지만 현대 발레 공연을 예약해 놓은 게 있었기 때문이었다. 여기는 표를 마음대로 쉽게 취소할 수 없고 재판매가 돼야 그 금액만큼 환불을 받는 식이어서, 결국 일주일 남짓한 여행 기간 동안 수십만 원짜리 공연을 2개씩이나 보는 상황이 돼 버린 것이었다. 아무리 내가 작정하고 돈을 쓰기로 했어도 이건 너무 사치스러운 것 같았다. 하지만 코로나의 종족 번식을 피해 2년 동안 국내에서 감금 생활을 하다 석방을 앞둔 나에겐 뵈는 게 많지 않았다.

그리고 이번 파리 여행에서 무엇보다 중요한 일정, '승마 장비 사기'. 구글 지도에서 그냥 'horseriding equipment'라고 검색했더니 금세 여러 좌표가 떴다. 예상보다 많은 검색 결과가 나와서 약간 당황했다. 승마 장비란 게 이렇게 길 가다 갑자기 '오 여기 안장이 괜찮은데?' 하면서 들어가서 사 들고 나오는 그런 것이었던가.

파리에는 승마 장비 매장 체인이 있었다. 판매하는 말 간식도 참 다양했다. 말이 한평생 살면서 맛볼 수 있는 최고의 미식은 각설탕일 거라 생각했는데, 역시 먹는 것에 진심인 나라 프랑스다웠다. 나는 매장 홈페이지에 심심하면 한 번씩 들어가 바지는 무슨 색으로 살까, 부츠는 어떤 스타일로 살까, 위시 리스트를 만들었다. 그렇게 이제나저제나 단벌 청바지와 운동화에서 벗어나 누가 봐도 '말 좀 타는' 패션으로 거듭나게 될 날을 기다렸다.

"오늘은 실내로 갈 거예요."

승마를 시작한 지 두 달쯤 지난 어느 날, 감격의 레벨 업 순간이 왔다. 드디어 '실내'에 입성한 것이다. 여기서 '실내'라고 하는 건 '실내 마장'의 줄임말이다. 보통 처음 말을 타면 '원형 마장'이라는 곳에서 시작하는데, 길 따라 나지막한 울타리가 쳐져 있기 때문에 말들이 딴 곳으로 새지 않고 정해진 길로만 움직인다. 그래서 기승자는 말이 어디로 튈지 걱정하지 않고 본인의 자세에만 신경 쓸 수 있다. 한편 실내 마장은 그냥 뻥 뚫린 운동장이다. 능력자분들은 여기서 원이나 곡선을 그리며 자유자재로 말을 타신다. 그러나 생초보였던 나는 실내에 처음 나간 날 말이 갈 곳을 잃어서 마장 한가운데 덩그러니 서 있는 시간이 더 많았다. 원형 마장에 있는 높이 30cm 울타리의 존재감이 그렇게나 클 줄은 몰랐다.

사실 나는 너무 초보라 파리에서 승마 장비를 살 생각은 해도 말을 타는 건 무리겠지, 하고 생각했다. 그렇다. 승마를 시작한 지 이제 겨우 한두 달밖에 안 된 주제에 파리에서도 말을 타 보고 싶다는 생각을 하긴 했었다. 그건 내가 '외승'이란 판도라의 상자를 열어 버린 이후부터 시작된 망상이었다. 외승. 승마의 꽃이라 불리는 외승. 말 그대로 마장 밖에 나가서 타는 것이 외승이다. 아름다운 자연 속을! 울창한 숲이나 그림 같은 해변을 말과 함께 달린다. 내 최애 만화 <베르사유의 장미>에서 오스칼 님이 금발 머리를 휘날리며 달리듯이!

생각만 해도 짜릿했지만 내가 다니는 승마장의 외승 프로그램에 참여하려면 조건이 있었다. '고삐 연결 가능 회원'이어야 한다는 것. 고삐 연결? 이게 무슨 소리지.(*고삐 연결은 말과 기승자가 고삐를 통해 긴밀히 '연결'되어 있어서 기승자가 고삐로 보내는 신호에 말이 집중하고 잘 받아들이고 있는 상태를 뜻한다. 고삐 연결은 사실 말로 백날 설명해 봤자 이해가 잘 안 된다.) 고삐 연결은커녕 말을 움직이게도 못 하는데 외승은 아직 나에게 요원한 꿈이었다.

망부석처럼 서 있었던 실내 진출 첫날의 기억을 뒤로하고 오늘은 제발 몇 걸음이라도 가 보자는 소박한 바람을 안고 다시 말에 올랐다. 그런데 신기한 일이 벌어졌다. 그날따라 말이 내 말을 너무 잘 들어주는 것이었다. 이리로 가자고 하면 가고, 저리로 가자고 하면 갔다. 뭐지 이거. 갑자기 나한테 말과 대화할 수 있는 능력이라도 생긴 건가. 자신감이 폭발한 나는 그날부터 가슴이 웅장해지는 계획을 하기 시작했다.

'파리에서 외승을 가자!'

이렇게 해서 찾아본 파리의 외승 코스는 정말 말도 안 됐다. 말이 안 되게 너무 좋았다. 베르사유 궁전. 생클루 성. 여기가 다 파리에서 말을 탈 수 있는 곳들이었다. 원형 마장이니 실내 마장이니 그런 게 아니라 외승으로. 진짜 오스칼 님처럼 베르사유 궁전을 말 타고 달릴 수 있는 거였다. 헬멧을 써야 하니 머리카락을 휘날리지는 못하겠지만. 금액이 만만찮았으나 내가 또 언제 파리에서 승마를 할 수 있겠냐는 단순 명제가 모든 결정을 일사천리로 내리게 했다. 예약금 결제가 인터넷으로 잘 안 되자 나는 또 바로 은행으로 달려갔다. 그렇게 팔자에도 없던 해외송금을 다 해 봤다. 승마에 미친 나의 추진력은 무서웠다.

오페라 가르니에의 발레 공연은 리세일(re-sale)을 신청했다. 지금 공연을 두 개씩이나 보고 있을 때가 아니었다. '이게 과연 팔릴까? 그래도 오프닝 타임의 제일 좋은 좌석을 조금 DC해서 내놓았으니 누구라도 제발 걸려 주세요, 아니 사 주세요.'라는 마음으로 기다렸다. 안 팔리면 할 수 없고. 파리에서 일주일 동안 승마도 하고 오페라도 보고 발레도 보고 인생 마지막이란 듯이 놀다 오는 거지 뭐. 돈은 다시 벌면 된다.

'디어 마담. 너의 재판매 신청이 성공적으로 이루어졌습니다.'

이런 마인드가 통한 건지 파리오페라극장에서 광고 메일만 맨날 오다가 어느 날 거짓말처럼 리세일에 성공했다는 메일이 왔다. 다시 한번 신의 계시가 내려온 것 같았다.

두 달 후, 나는 파리에서 첫 외승을 가게 됐다

공연은 그냥 하나만 보고 말이나 실컷 타라는.

승마 꿀TIP_
어떤 승마장에 가는 게 좋을까?

만약 기승료에 충분한 돈을 쓸 수 있다면 가깝고, 기라성 같은 코치님들의 개인 레슨을 받을 수 있으며, 수천만 원짜리 기량의 말을 탈 수 있는 승마장을 가면 되니 고민할 필요가 없다. 하지만 우리 대부분은 그렇지 못할 것이라 생각하고 나의 짧은 경험에 비추어 이야기해 본다.

'어떤 승마장에 가는 게 좋은가?'에 대한 정답은 없는 것 같다. 나에게 가장 잘 맞는 승마장을 찾는 것이 필요하다. 승마를 시작한 지 2년, 나는 승마장을 두 번 옮겼고 지금은 세 번째 승마장을 다니고 있다. 첫 번째 승마장은 우선 가깝고 1회 기승료가 저렴했다. 그래서 자주, 많이, 부담 없이 탈 수 있어서 초반에 실력을 키우는 데 도움이 많이 됐다. 두 번째 승마장은 조금 멀었지만 그래서 개인 레슨을 비교적 가성비 있게 받을 수 있었다. 마지막 세 번째 승마장은 선수들이 주로 다니는 곳인데, 결코 가격이 부담스럽지 않다고 말할 수는 없지만 지금까지와는 비교도 안 될 만큼 좋은 말을 탈 수 있었다. 여기는 무엇보다 뛰어난 선수들의 퍼포먼스를 가까이에서 직관할 수 있다는 장점이 있다. 우리 뇌는 눈으로 보기만 한 것도 직접 경험한 것으로 착각한다고 한다. (생각보다 뇌는 멍청하다.) 그래서 나보다 잘 타는 사람들을 옆에서 보는 것도 좋은 공부이므로 이런 환경이 되는 승마장을 가는 것도 좋은 선택이다.

승마 실력에 정체기가 왔을 때 정기적으로 다니는 승마장을 바꿔본 것은 좋은 시도였던 것 같다. 마필의 상태와 능력은 첫 번째보다 두 번째, 두 번째보다 세 번째 승마장이 좋았지만 내 실력이 그에 미치지 못한다면 큰 의미는 없다고 생각한다.

제2장

3개월 차

파리 여행을 갔습니다.

그런데 승마를 곁들인

There are many wonderful places in the world, but one of my favorite places is

on the back of my horse.

이 세상에는 멋진 장소들이 많이 있지만, 내가 가장 좋아하는 곳은 나의 말 등 위다.

- Rolf Kopfle

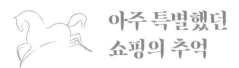

아주 특별했던
쇼핑의 추억

코로나 시대의 여행은 참으로 신경 쓸 게 많았다. 예전이라면 비행기표 끊고 호텔 예약하면 거의 여행 준비의 절반 이상이 끝났다고 할 수 있었는데, 이제는 중요한 퀘스트가 하나 남아 있었다. 내가 코로나에 걸리지 않았음을 증명하기. 현지에 무사히 입국할 때까지, 아니 현지에서 다시 한국으로 출발할 때까지 안심할 수도 없는 성가신 퀘스트였다.

그전까지 PCR 검사도 별로 할 일이 없었던 나는 파리 여행을 다녀오면서 총 4번의 코 쑤시기를 당했다. 파리로 입국하는 데 필요한 PCR 음성 확인서를 받기 위해 한 번, 다시 한국으로 돌아오기 위해 현지에서 또 한 번, 한국에 오자마자 또 한 번, 격리 해제되기 하루 전날 또 한 번. 왜 PCR 검사는 한국이고 프랑스고 왼쪽 콧구멍만 노리는 건지. 매번 '다음번엔 오른쪽에다 해 달라고 해야지' 생각은 하지만 미처 입 밖으로 내뱉기 전 이미 면봉은 왼쪽 콧구멍 속에 돌진해 와 있곤 했다.

PCR 검사를 해야 하는 시점도 나라마다 제각각인 데다가 자꾸만 규정을 바꿔 대는 통에 불안함은 사라질 틈이 없었다. 파리로 떠날 날이 가까워졌을 즈음에는 다른 사람들과 밥도 먹지 않고 만전을 기했다. 그걸로 누가 뭐라고 하면 "내가 당신이랑 밥 먹다가 코로나 걸려서 파리 못 가면 책임질 거야?"라고 말하려고 했지만 실제로 그럴 일은 없었다. 그만큼 나는 신경이 곤두설 대로 곤두서 있었다.

언젠가는 이런 이야기도 다 추억이 될까.

파리 시내 한복판에 위치한 나의 사치스런 작은 호텔방에 무사히 도착하고 나서야, 비로소 나는 이번 여행의 시작을 마음껏 축하할 수 있었다. 토요일 밤 11시, 호텔에 미리 부탁해 놨던 샴페인을 방에서 혼자 터뜨리는 것으로 일주일간의 돈 잔치 일정을 시작했다.

일단 다음 날인 일요일엔 문을 여는 곳이라면 어디든 가자는 생각이었다. 한국에서 미리 준비해 온 프랑스 백신패스가 잘 작동되는지도 확인할 겸. 작동이 안 되면 뭐 어때. 길바닥에서 샌드위치를 사 먹어도 행복할 것 같았다. 우선 아침에는 호텔에서 가까운 튈르리 정원으로 산책 갔다가 마치 파리지앵인 양 카페 알롱줴를 사 마셔야지.

그리고 화요일은 꿈에도 그리던 첫 외승을 가는 날이었다. 오전에는 불로뉴숲에서, 오후에는 베르사유 궁전에서! 중간에 이동하고 밥 먹는 시간 빼고 총 4시간 말을 타기로 돼 있었다. 난 원래 2시간, 2시간씩 다른 날에 타고 싶었으나 비수기라 그런지 하루로 날짜를 몰아주셨다. 그런데 하필 이날이 저녁에 오페라 보러 가는 날이었던 거다. 낮에 4시간 말 타고 밤에 클래식 공연을 본다는, 돈과 체력을 아주 그냥 전력투구해야 할 스케줄이었다.

게다가 한국에 돌아오기 위한 PCR 검사를 출국 48시간 전에 해야 하다 보니 아무리 머리를 굴려 봐도 저 4시간 승마 후에 오페라 공연 관람의 날 아침에 새벽같이 가서 검사를 하지 않으면 안 되는 상황이 었다. 그러니까 6시쯤에 일어나 추운 겨울 아침 예상 대기시간 약 1시간 동안 밖에서 덜덜 떨며 기다렸다가, 검사소 오픈 시간에 맞춰 첫 번째로 PCR 검사를 하고, 10시부터 오후 4시까지 외승 코스를 돈 후, 서둘러 호텔로 돌아와 클래식 관람용 드레스 코드로 환복을 하고 바로 오페라극장으로 가야 했다. 공연이 끝나는 시간은 대략 밤 11시. 이건 그냥 말이 안 된다고 생각했다. 코로나에 걸리기 전에 몸살감기에 걸려 앓아눕지 싶었다.

그래서 나는 여행 일정을 이틀 연장했다. 그리고 늘어난 시간 동안 결국 말을 하루 더 탔다.

화요일에 승마를 가려면 월요일에는 쇼핑을 해야 했다. 명품백도, 기념품도 아닌 바로 승마 장비 쇼핑을. 외승 프로그램에 기본적으로 장비 대여가 포함돼 있었지만 첫 외승만큼은 멋진 개인장비들로 쫙 빼입고 가고 싶었다. 베르사유 궁전에서까지 청바지와 운동화 패션으로 말을 탈 수는 없었다! 물론 그건 파리에서의 승마 장비 쇼핑을 성공적으로 마쳤을 때의 이야기겠지만.

원래는 월요일 오전에 뮤지엄을 몇 군데 가고 오후에 쇼핑을 가려고 했다. 그런데 아니나 다를까 점찍어 놨던 매장의 인터넷 홈페이지를 확인해 보니 내가 마음속에 미리 골라 둔 제품들이 없다고 나오는 거였다. 이럴 수가. 다행히 다른 매장에는 재고가 있었는데 뭔가 그 매

파리의 흔한 승마 장비 매장 풍경

장은 구글 스트리트 뷰로 봤을 때 그다지 규모가 커 보이지 않아서 제쳐 놨던 곳이었다. 불안했다. 다음 날 베르사유 궁전 가야 하는데. 멋지게 입고 오스칼 님처럼 말 타고 싶은데. 지금 뮤지엄이나 갈 때가 아니었다. 만사 제쳐 두고 나는 그 재고가 남아 있다는 매장으로 향했다.

'불어도 못하는데 잘 쇼핑할 수 있을까?'

지하철에서 내려 목적지 도착을 눈앞에 두고 갑자기 이런 생각이 들었다. 프랑스 사람들은 영어를 잘 못한다. 아니, 오히려 불어를 못하는 나를 안쓰럽게(?) 본다. 딱 봐도 외국인인 나에게 아무렇지도 않게 불어로 말을 걸곤 했다. 내가 못 알아듣고 멀뚱멀뚱 쳐다보고 있으면 "어머, 너 불어 못하니?" 하면서 그제야 선심 쓰듯 영어로 말하는 파리 사람들이었다. 그런데 무려 '승마 장비'라는 낯선 아이템을 무사히 내가 원하는 걸로 잘 살 수 있을지 뒤늦게 걱정이 된 것이었다.

예상했던 대로(?) 매장 점원은 영어를 거의 못했다. 그리고 내가 할 줄 아는 불어라고는 "Bonjour(안녕하세요)", "Merci(감사합니다)", "Au revoir(안녕히 계세요)" 정도뿐이었다. 분명 수능 제2외국어를 불어로 봤었는데 내가 배운 건 오로지 시험용으로 공부한, 필드에선 무쓸모인 지식 놀음에 불과했다는 걸 깨달았다.

"*I need everything.*"

나는 최대한 간단하고 쉬운 영어로 나의 목적을 설명했다. 다행히 점원은 금방 상황을 파악하고 나를 매장 안쪽으로 데려갔다. 여기 규모가 작아 보여서 물건이 많지 않을까 봐 불안해했던 건 쓸데없는 걱정이었다. 안으로 안으로, 또 지하로 미로 같은 공간을 따라 승마 장비의 '산'이 쌓여 있었다. 분명 밖에서 봤을 땐 작은 가게인 것처럼 보였는데. 마치 해리 포터의 '늘리기 마법'이 걸려 있는 곳 같았다.

사이즈만 안다면 말없이 입어 보기만 해도 되는 '구매 난이도 하'의 바지를 2개 고르고 나자 본격적으로 점원과 나의 사투가 시작됐다. 점원은 산처럼 쌓여 있는 승마 장비의 더미 속에서 나에게 맞는 부츠와 헬멧을 찾아 주기 위해 동분서주했다. 그냥 호구 취급하면서 대충 비싼 걸로 몇 가지 골라 주고 뭘 물어도 못 알아듣는 척할 수도 있었을 텐데. 정말 정성스럽게도 하나하나 사이즈 재고, 잘 맞냐고 묻고, 이 제품의 장점이 뭔지, 다른 제품과 뭐가 어떻게 다른지 핸드폰으로 구글 번역기를 돌려 가며 설명해 주려 애쓰는 모습에 진심으로 감동을 느꼈다. 내가 불어를 못하는 것에 죄책감(?)이 느껴질 정도였다.

보호 조끼와 재킷까지 고른 후, 이 모든 것을 담아 갈 수 있는 가방도 하나 달라고 했다. 처음에 점원이 갖고 나온 가방은 어느 승마선수의 브이로그에서 시합 나갈 때 갖고 다니는 가방이라며 보여 준, 너무나 프로페셔널한 사이즈의 것이었다. 나는 용기를 내 "이건 너무 크다"고 이야기했다. 그랬더니 그녀는 또다시 승마 장비의 산을 뒤지고 뒤져 그 안에 잠자고 있던 조금 작은 가방을 기어이 찾아내 가지고 나왔다. 나는 그냥 어깨에 멜 수 있는, 그래서 돌아가는 비행기를 탈 때 핸드 캐리 할 수 있는, 스포츠 가방 같은 걸 상상했는데 거기엔 부츠가 다 안 들어간다고 그녀가 단호히 못을 박았다. 다른 때였으면 '이 자식이 비싼 거 팔아먹으려고 오버하는 거 아냐?'라고 의심을 품었을 테지만 이 점원의 서비스 정신과 진정성을 이미 충분히 경험한 뒤라 고분고분 그녀의 말을 따랐다. '비행기 탈 때는 어떡하지?'란 생각이 스쳐지나갔으나 그건 나중에 생각하기로 했다. 이 정도 가방이 아니면 안 된다고 하니 그 자리에서 더 고민해 봤자 딱히 뾰족한 수가 없었다.

그렇게 거의 명품백 1개 값의 가격을 지불하고 택스 프리 서류까지 야무지게 받은 후, 따끈따끈한 승마 장비들로 가득 채운 가방을 끌고 호텔로 돌아갔다. 나는 구글 지도를 켜고 그 매장을 찾아 리뷰를 달았다. 구글이 번역하기 쉽게(?) 쉬운 말로 쓰는 것도 잊지 않았다.

"이제 처음 승마를 시작해서 모든 장비를 다 사야 했어요. 제가 불어를 못해서 설명하기 곤란하셨을 텐데 친절하게 좋은 상품 소개해 주셔서 정말 감사했습니다!"

다음 날, 새로 산 옷과 장비들로 한껏 꾸미고 길을 나섰다. 승마바지에 부츠를 신고 한쪽 어깨엔 헬멧이 담긴 주머니를 멘 채 파리의 거

이후로도 여러 번 나의 목숨을 살려 준 보호 조끼

리를 확보했다. 지하철을 타고, 버스를 타고, 구글이 알려 주는 대로 파리 외곽에 있는 낯선 거리의 정류장에서 내렸다.

　나의 첫 번째 외승지, 불로뉴숲이었다.

초식동물과 숲에 가면
생기는 일

파리 여행이라고 한다면 뮤지엄을 가고, 거리의 카페에서 에스프레소와 마카롱을 먹고, 백화점에서 명품 (아이)쇼핑을 하고, 에펠탑 앞에서 인증샷을 남기는 일들을 상상하곤 했다. 파리에 몇 번째 가는 것이라도 이 패턴은 크게 달라지지 않았다. 전에 갔던 뮤지엄이 아닌 다른 뮤지엄을 가거나 다른 카페와 백화점을 가는 정도의 베리에이션이 있을 뿐이었다. 그럼에도 파리는 언제나 좋았다. 남이 뭘 하든, 뭐라고 하든 상관없다는 듯한 여유와 시크함이 어쩐지 해방감을 주는 도시였다.

불로뉴숲은 그런 파리 여행의 기본 메뉴에 없던 목적지였다. 아마 보통의 관광객들이라면 역시 별로 관심이 없지 않을까 한다. 이 숲에 있는 '롱샴(longchamp)'이라는 지명에 눈이 번쩍 뜨였다가 그게 상상하던 가방 매장이 아니라 경마장 이름이란 걸 알고 실망하는 사람들은 있을지 몰라도.

"파리에 이렇게 갈 데가 많고 볼 게 많은데 파리까지 가서 '숲'을 왜 가?"

이렇게 생각하는 사람들도 있을 수 있다. 나도 그렇게 생각했었으니까. 사실 파리는 유럽의 그 어떤 도시보다 공원과 숲이 많고 또 아름답다. 파리의 활기는 대부분 이런 도시 속 자연을 만끽하는 사람들로부터 나오는 것 같았다. 튈르리 정원을 '파리지앵들의 휴식처'라고 부르고 불로뉴숲과 방센느숲을 '파리의 폐'라고 하는 것은 다 괜한 말이 아니었다.

나도 이번에는 파리지앵들처럼 공원과 숲을 마음껏 즐기다 왔다. 이 나라 사람들이 사랑해 마지않는 스포츠, 승마를 하게 된 덕분에.

불로뉴숲은 파리의 서쪽 끝에 있었다. 숲을 가로지르는 차도가 몇 개나 있을 정도로 큰 숲이었다. 버스 정류장이 승마 가이드 아저씨와 만날 장소와 가까운 곳에 있어서 다행이란 생각이 들었다. 하지만 익숙한 시내에서 벗어나니 역시 약간 낯설었다. '오늘 예약을 다시 확인하지 않았는데 혹시 바람맞으면 어떡하지?'란 쓸데없는 걱정을 하기 시작했다. 그러고 보니 돌아갈 버스표를 사 오지 않았다는 걸 깨달았다. 택시를 타려고 해도 어디서 타야 할지도 모르겠고 이 거대한 숲에서 난 미아가 되는 걸까 하는 공상이 끝나 갈 때쯤, 딱 봐도 말을 태운 것처럼 보이는 트럭 한 대가 나타났다.

"*Bonjour*, 내가 너랑 이메일로 연락했던 *Baptiste*야."

미스터 빈을 닮은 아저씨가 트럭에서 내려 나를 알아보고 곧장 와서 인사를 하셨다. 이 주변에서 승마 복장을 하고 멀뚱히 서 있는 사람이 나뿐이었기 때문에 못 알아볼 리가 없었다. 아저씨가 몰고 온 트럭은 언뜻 보면 캠핑카 같았다. 말을 어떻게 데려오는 걸까 궁금했었는

나의 첫 외승을 함께한 부티

데, 짐칸은 말이 서 있어도 충분할 정도로 크고 넓었다. 말을 태운 자리는 작은 창문도 여러 개 있고 바닥엔 폭신한 건초가 깔려 있어서 나름 안락해 보였다. 여기까지 출장 나오느라 너네도 고생이 많구나, 싶었다.

이날은 설마 나 혼자 타나 했더니 정말 나 혼자뿐이어서 말도 가이드 아저씨가 탈 녀석까지 단 두 마리였다. 원래 겨울에는 손님이 별로 없다고 했다. 낯선 동네에서 낯선 말을 타고 영어도 불어처럼 하시는 프랑스인 아저씨와 둘이서만 승마를 한다는 그림인데, 이 그림이 잘 완성이 될까 불안하면서도 묘하게 흥분이 됐다. 어쩐지 엄청난 일을 저지른 것 같았다.

이날 내가 타게 된 말의 이름은 Beauty(부티)였다. 그 이름처럼 굉장히 예쁘게 생긴 말이었다. 갈기는 황금빛이었고 네 다리에는 하얀 무늬가 딱 발목까지만 있어서 양말을 신고 있는 것처럼 보였다. 유럽 사람들은 보통 덩치가 나보다 크니 말도 큰 말을 타지 않을까 해서 약간 쫄았었는데, 부티는 그렇게 크지 않았다. 한국에서 탔던 한라마(*제주마와 더러브렛의 교배종)와 비슷한데 약간 크다는 느낌이었다. 프로그램을 예약할 때 키, 몸무게 같은 신체 사이즈를 물어보길래 미리 알려준 게 있었다. 아마 거기에 맞춰서 말을 데려오는 것일 테다.

부티와 처음 만났을 때는 데면데면했다. 부티도 외국인인 내가 낯설었던 걸까. 셀카를 좀 찍어 보려고 해도 부티가 자꾸 얼굴을 돌려서 쉽지 않았다.

나는 어딘가 울창한 숲속까지 트럭을 타고 이동할 줄 알았는데 Baptiste 아저씨는 가까운 길가에 대충 주차를 하고 말을 차에서 내렸다. 음? 여기서부터 말을 타는 건가? 옆에는 차들이 달리고 있고 여기가 파리 불로뉴숲의 어디쯤이라는 것만 빼면 말 그대로 그냥 '길거리'인데.

사방이 막혀 있는 안전한 마장을 떠나 이런 노상에서 자전거 타듯이 말에 오르는 것이 어색했지만, 상대적으로 부티는 좀 신나 보였다. 내가 등에 타고 있건 말건 상관없이 풀이 무성하게 난 곳을 찾아 정신없이 뜯어 먹기 시작했다. Baptiste 아저씨가 말했다.

"여기서는 풀 먹게 해도 돼요."

이 말이 무슨 뜻인지 이때까지만 해도 난 미처 몰랐다. 풀을 좋아하는 동물과 숲에 가면 어떤 일이 벌어지는지도.

내가 말이 풀을 뜯어 먹는 모습을 직접 본 것은 그날이 살면서 처

만나자마자 풀 뜯어 먹기 바쁜 부티

음이었다. 아무리 기억을 더듬어 봐도 영화나 드라마 속이 아닌, 진짜 초원에서 풀을 뜯어 먹는 말을 본 적은 없었다. 부티는 정말 맛있게도 풀을 먹었다. 그사이 Baptiste 아저씨도 준비를 끝내고 이제 드디어 출발할 시간이 됐다. 신나게 풀을 뜯어 먹던 부티는 내가 고삐를 당기며 옆구리를 살짝 건드리자 그제야 고개를 들고 경쾌하게 움직였다. 아쉬운 듯 입속에 풀때기를 한가득 넣은 채로.

'아 그래, 말은 원래 초식동물이지.'

초등학교 교과서에나 나올 것 같은 상식을 되뇌며, 부티와의 첫 외승을 시작했다.

파리에서 외승을 하기로 생긱했을 때 가장 걱정이 됐던 점은, 낙마를 하거나 길을 잃거나 뭐 그런 것이 아니라 '말을 잘 출발시키지 못하면 어쩌지' 하는 거였다. 아무리 박차를 넣어도 말이 '아 몰랑, 운동하기 싫어요'라고 말하듯이 우두커니 서 있으면 나는 말 등에 앉은 채로 할 수 있는 게 많지 않았다. 어르고 달래서 겨우겨우 움직이게 만들면 이번엔 추진이 약하다고 한 소리씩을 들었다. 나는 할 수 있는, 배운 모든 것을 다 해 보는데도 말의 속도가 잘 올라가지 않을 때가 많았다. 코치님들이 나에게 제일 많이 하는 이야기가 '말을 활발하게 보내라'는 것이었다.

"저도 활발하게 보내고 싶어요……."

그럴 때면 채찍을 손에 쥐여 주시곤 했는데 이걸 손에 들고만 있어도 갑자기 말의 움직임이 빨라지는 게 느껴진다. 요 녀석들 운동하기 싫어서 게으름 피우는 거였구나 싶다가도 안쓰러운 마음에 정작 채찍은 잘 못 쓰는 편이다. 그냥 말의 시야에 보이게 들기만 해도 효과가 있어서 굳이 별로 쓰고 싶지 않았다. 가끔 마장 입구에서 안 들어가겠다고 버티는 아이들도 있는데 그게 다 애들도 일하기 싫어서 그런 거였나 싶다.

아무튼 그런 상황이 이런 낯선 타지에서 벌어진다고 상상하니 온몸이 오그라들었던 거다. 하지만 그건 다 기우였다. 부티는 내가 뭔가를 하기도 전에 이미 신나게 걷기 시작했다. 그건 또 그거 나름대로 문제이겠으나, 석 달짜리 승린이었던 나는 말을 출발시키는 걱정에서 벗어난 것에 그저 안도했다.

오히려 문제는 다른 곳에 있었다. 좀 풍성하고 야들야들해 보이는 풀이 있으면 부티는 잘 가다 말고 정신없이 뜯어 먹었다. 겨울이지만 우리나라만큼 춥지 않은 파리의 숲은 초록빛의 풀이 많았다. 아무리 고삐를 붙들고 있어도 풀을 먹겠다는 부티의 의지 앞에서 나는 주유소 앞 풍선 인형처럼 힘없이 앞으로 고꾸라지고 말았다. Baptiste 아저씨는 그런 내가 답답한지 한마디 하셨다.

"단호하게 못 하게 해야 돼요. 안 그럼 베르사유 가면 풀 천지인데 걔 거기 가서 풀만 뜯어 먹을 거예요."

아니, 애 아침 굶겼어요……?

부티의 풀 사랑을 말리기 위해 고삐를 잡아당기다 보니 전날 산 새 장갑이 금세 너덜너덜해졌다. 몇 번 당한(?) 나는 요 녀석이 좋아하는 풀이 어떤 건지, 어디쯤에서 또 풀을 먹으려고 고개를 숙일지 낌새를 알아채고 고삐를 더 단단히 잡게 됐다. 그러자 부티도 슬슬 눈치를 보기 시작했다. 신나게 걷다가 걸음이 조금 느려지면서 풀을 뜯어 먹을 타이밍을 노리는 게 느껴졌다. 이런 게 말과의 교감이라는 걸까.

"부티, 안 돼. 안 된다고 했다?"

"이따가 먹게 해 줄게. 일단 지금은 가자, 응?"

부티는 난생처음 한국말을 들어 봤을 테지만 어쩐지 내 말을 알아듣는 것 같았다. 풀을 못 먹게 하니 이번엔 옆에 있던 나무의 잎사귀를 뜯어내 걸으면서 먹는 신공을 보여 줬다. 그러면서도 움직이기 싫다고 버티지는 않았다. 겨울에는 외승 손님이 별로 없다고 했으니, 부티도 오랜만에 바깥 나들이를 나와 신이 났던 것 같다.

부티야 풀 좀 그만 먹어……

한평생 이런 자연을 한 번도 만끽하지 못하고 승마장 울타리 안에서 뺑뺑이만 도는 말들도 있지 않을까. 문득 이런 생각이 들어 마음 한편이 아려 왔다.

부티와 함께
신나는 구보를

불로뉴숲은 정말 이름 그대로 '숲'이었다. 깔끔하게 정돈된 산책로나 잔디밭이 간간이 보이긴 했어도 면적으로 따지면 나무가 우거진 울창한 숲이 대부분을 차지하는 듯했다. 겨울인 데다 날씨가 조금 흐려서 싱그러운 분위기와는 거리가 멀었지만, '파리 is 뭔들' 필터와 '첫 외승' 필터가 씌워진 내 눈에는 그 모든 게 비현실적이게 아름다운 낭만으로 느껴졌다.

누군가는 이 숲에서 산책을 하고, 누군가는 자전거를 타고, 또 누군가는 ATV를 탄다. 나는 말을 타고 달렸다. 처음으로 승마장 울타리를 떠나 자연 속에서 말을 탄다는 것도 설렜지만, 이렇게 '말을 타고 있지 않은' 다른 사람들과 이 장소를 공유할 수 있다는 사실이 더 흥분되는 일이었다.

숲에서 만난 파리지앵들은 말을 탄 우리를 보고 멋있다며 엄지를 치켜올려 줬다. 이 프랑스인 가이드 아저씨는 MBTI가 E이신 듯 연신 만나는 사람마다 말을 걸고 인사를 했다. 산책을 하고 있는 대형견 무리를 만나는 일도 이곳에선 일상이었다. 한국에선 조금 큰 개 한 마리만 지나가도 시선 집중인데. 이 숲속에선 그런 대형견들이 한 무더기가 있어도 자연스러웠다.

"괜찮아요. 부티는 이런 거 익숙해요. 부티를 믿으세요."

개 한 마리가 부티를 보고 신이 난 건지 반가운 건지 쫓아오자 Baptiste 아저씨가 이렇게 이야기했다. 말은 겁이 많은 동물이라 외승을 나가면 비닐봉지만 굴러가도 말이 놀라서 낙마할 수도 있단 말을 많이 들었었는데, 부티는 비닐봉지는커녕 셰퍼드가 쫓아와도 여유 만만이었다.

말의 걸음걸이는 속도에 따라 크게 네 단계로 구분이 된다. 편하게 산책하듯 걷는 평보, 조금 발랄하게(?) 걷는 속보, 약간 빠르게 '다그닥 다그닥' 달리는 구보, 그리고 전력 질주하는 습보. 물론 각각의 걸음걸이는 평보이지만 조금 빠르게, 구보이지만 조금 느리게, 이런 식도 가능하다. 그걸 통제할 수 있는 기승자도 대단하고 그 명령을 찰떡같이 알아듣는 말도 신기하기 그지없다. 인간과 동물이 이렇게까지 세밀하게 의사소통을 할 수 있다니.

그래도 프랑스 가기 전에 구보 정도는 배워 가야 하지 않을까 싶어서, 외승 프로그램 예약을 하고 파리 출국까지 남은 한 달의 시간 동안 매 주말마다 4시간씩 말을 탔다. 체력도 체력이지만 4시간씩 승마를 하니 통장 잔고가 아주 빠른 속도로 말라 가는 게 보였다. 그래도 지금은 돈을 아낄 때가 아니라고 생각했다. 써야 할 때는 써야 한다. 그때가 바로 그 '써야 할 때'였다.

하지만 출국을 일주일 앞두고도 나는 구보를 배우지 못했다. 운전

말이 '다그닥다그닥' 달리는 구보

면허 시험도 아니고 속성으로 가르쳐 달라고 할 수는 없어서(물론 운전 면허 시험도 속성으로 배우면 안 된다) '아직 난 멀었나 보다'하고 마음을 비웠다. 그리고 운명의 출국 전 마지막 연습 시간이 됐다.

"회원님 구보 해 보셨어요?"

드디어! 코치님의 이 말 한 마디가 그렇게 반가울 수가 없었다. 나는 짐짓 무심한 척(?) '아니요'라고 대답했다. 코치님이 알려 주시는 대로 말에게 구보 사인을 넣자, 신기하게도 말이 '다그닥다그닥' 달리기 시작했다. 구보 사인이라는 건 어디 사극에서 많이 나오듯이 "이랴!" 이렇게 소리를 지르는 게 아니라, 다리로 말 몸에 힘을 줘서 신호를 하는 것이다. 그 힘을 어느 부위에 어떤 방식으로 주느냐가 관건이 된다. 그러고 보면 승마를 배우는 동안 "이랴!"라는 밀은 단 한 번도 배우지도 쓰지도 않았는데, 그런 구호는 어디서 시작된 건지 모르겠다. 혹시 우리가 모르는 사이에 대가 끊겨 버린 한국식 마술(馬術)의 하나였을까.

첫 구보는 신기하긴 했지만 그다지 성공적이진 못했다. 뭔가 편하다는 느낌이 없었다. 코치님은 연신 "앉아서! 앉아서!"를 외치셨으나 엉덩이는 자꾸 공중에 방방 떴고, 말은 그런 초짜 기승자가 불편했는지 몇 발짝 뛰다 말고 걸음을 멈춰 버렸다. 그래도 프랑스 가서 '구보 한 번은 해 봤다'고 말할 수 있게 된 것에 만족하기로 하고 그 상태로 불로뉴숲에 오게 된 것이었다.

프랑스인 가이드 아저씨가 속보든 구보든 뭘 하라고 이야기하면 알아는 들어야 하니, 승마 용어들을 영어로 뭐라고 하는지 찾아봤다. 프랑스의 놀라운 외승 코스들을 소개해 놓은 웹사이트를 보면서 '이 코스에 참여하기 위해서는 canter and gallop을 할 수 있어야 한다' 이런 글귀들을 발견했다. 특히 어떤 건 하루에 6시간씩 gallop을 해야 한다는 난이도의 것들도 있었다. 여기서 'canter'가 내가 얼마 전 배운 구보다. 그럼 gallop은 뭐지?

이 gallop이 바로 말 걸음걸이 중 최고 단계, '습보'였다. 모 자동차 브랜드 덕분에 gallop이란 단어 자체는 어렵지 않았지만 정작 말이 gallop한다는 게 어느 정도 속도인지는 알 수가 없었다. 사진으로 설명된 것을 봐도 감이 잘 안 와서, 유튜브 찬스를 썼다. 검색창에 'gallop'이라고 검색을 하니 몇 가지 영상이 떴는데 하나같이 입이 떡 벌어지는 장면들이었다.

광활하게 펼쳐진 들판을 말 그대로 '전력 질주'하는 사기스런 영상들이 이어졌다. 심지어는 셀프로 촬영한 영상도 있었다. 한 손에는 카메라를, 한 손에는 고삐를 쥐고 gallop을 하시던 그 여성분은 바람에 카우보이 모자가 날아가자 재밌다는듯 웃었다. 마장 안에서 말이 겨우 조금 빠르게 걷는 정도의 속도만 경험했던 나로서는 신세계가 따로 없었다.

'요즘도 이렇게 말을 타고 신나게, 자유롭게 달리는 게 가능하구나.'

나는 또 이런 도시 촌년스런 생각을 하며, 존경의 눈빛으로 gallop 영상들을 감상했다.

"Canter?"

Baptiste 아저씨가 이렇게 말하자 부티는 내가 구보 사인을 넣기도 전에 달리기 시작했다. 아저씨는 내가 한국에서는 배우지 못했던 자세를 알려 주셨다. 속보를 할 때도 계속 일어났다 앉았다 하면 힘드니까 그냥 계속 일어나 있으라고(네?) 했다. 그리고 균형 잡기가 힘들면 말 목에 손을 대고 있으면 된다는 거였다.

나는 아저씨 말대로 고삐 쥔 손을 살짝 부티의 목에 대고 엉덩이를 든 채 일어나서 타 보았다. 그랬더니 속보도, 구보도, 부티가 좀 더 편하게 달리는 것 같은 느낌이 들었다. 등에 걸리적거리는 게(?) 없어서 그런 걸까. 생각보다 나도 그런 자세가 힘들지 않았다. 오히려 더 부티와 한 몸이 된 듯한 기분이었다.

조금 익숙해지자 나는 살며시 부티 목에 댄 손을 뗐다. 어쨌거나

부티도 나처럼 웃는 얼굴이었을까

누가 내 목덜미를 잡고 있으면 기분이 좋지는 않을 것 같으니까. 그렇게 해도 균형을 잃어서 엎어지거나 하지 않았다. 신기했다. 부티는 더 신나게 달렸다. 부티의 속도가 빨라질수록 내 얼굴에 번진 웃음은 점점 더 커져 갔다.

'날아갈 것만 같다'는 게 이런 거구나. 부티도 표정을 지을 수 있었으면 나처럼 웃는 얼굴이지 않았을까. 그렇게 부티와의 신나는 구보를 시작했다.

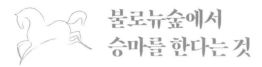

불로뉴숲에서 승마를 한다는 것

보통 승마장에서 말을 타면 한 타임 기준이 45분 정도다. 말 체력과 집중력을 고려해서 이렇게 시간을 정해 놓는다. 그런데 얼마 전엔 말 컨디션이 괜찮았는지 쉬지 않고 100분 가량 내리 탄 적도 있긴 하다. 끝나고 마방에 돌아간 말은 무서운 속도로 건초를 먹어 치웠다. 집에서 고이 싸 들고 간 당근과 사과를 주자 콧구멍을 벌름거리며 맛있게도 먹었다. 힘들긴 힘들었었나 보다, 하고 돌아서자 나도 엄청난 허기짐이 몰려왔다. 얼른 집으로 가 맥주 한 잔을 들이켜고 나니 산소호흡기를 단 것처럼 개운했다.

부티는 2시간을 잘도 달렸다. 한국에서 구보를 한 번(사실 한 번이라고 하기도 어렵다. 대략 다섯 발걸음?)밖에 하지 못해서 잘 탈 수 있을지 걱정이 됐으나, 부티는 아랑곳 않고 열심히 잘 달려 줬다. 승마장에서는 달리라고 명령을 하니 말이 '그래 내가 한 번 뛰어 준다'라는 느낌이었다면, 파리의 숲에서 부티는 '내가 신나니까 달린다'라고 하는 듯했다.

불로뉴숲 같은 평범한 도시공원에서도 말을 탈 수 있다는 게 그저 신기했다

드넓은 불로뉴숲 곳곳에는 자동차가 지나다니는 차도가 가끔씩 교차되어 나타나는 지점들이 있었다. 처음 부티를 타고 찻길에 당도했을 땐 약간 당황했다. 부티가 계속 막 튀어 나갈까 봐 걱정이 됐고, 어느 틈에 건너가야 할지 타이밍을 못 잡을까 봐 걱정이 됐고, 건너가는 도중에 부티가 서 버릴까 봐, 그리고 그런 부티를 내가 잘 통제하지 못할까 봐 걱정이 됐다. 겨우 왕복 2차선 정도 되는 길을 두고 그 짧은 시간에 별의별 생각을 다 했다.

하지만 그런 걱정을 더 길게 할 새도 없이 우리 일행 넷, 그러니까 부티와 나, Baptiste 아저씨, 그리고 Baptiste 아저씨의 말(미안해, 이름을 까먹었어…… 솔직히 너의 이름은 좀 알아듣기 힘들더라)이 길가에 서 있으니 차들이 알아서 멈춰 서며 당연한 듯 우리에게 길을 양보했다.

그 양보는 굉장히 감동적이면서도 낯설게 느껴지는 배려였다. 만약에 한국에서 같은 상황이었으면 어땠을까. 애초에 말을 타고 나와서 자동차와 조우할 일이 없긴 하지만.

Baptiste 아저씨는 익숙한 듯 손을 들어 감사와 미안함의 표시를 하며 길을 건너갔고, 부티는 그 뒤를 잽싸게 따라갔다. 부티도 여기서 우물쭈물하면 안 된다는 눈치가 있었던 것 같다. 몇 번 반복되자 나도 그 배려받는 순간을 여유 있게 누리며 목례로 운전자들에게 감사 인사를 했다. 말을 타고 있어도 도시의 교통 흐름에서 배제되지 않을 수 있다는 게 그저 신기했다.

왜냐하면 우리나라는 말을 탄 사람이 다닐 수 있는 영역이 철저하게 구분되어 있기 때문이다. 살면서 평소에 말을 탄 사람들을 얼마나 본 적이 있는지 생각해 보면 금방 답이 나온다. 지금은 승마장 아니면 사람들이 잘 다니지 않는 산길이나 제주도 초원에서 탈 수 있는 정도인 것 같다. 어떤 외승 코스는 얼마나 정비가 안 되어 있는 산길인지 너무 험난해서 중간에 포기하는 사람들도 있다고 했다. 사실 한국도 도로교통법상으로는 말을 타고 차도를 이용하는 게 가능하다. 1마력의 교통수단인 셈. 다만 자동차가 달리기에 좋은 딱딱한 아스팔트가 말의 무릎 관절에는 그다지 좋지 않은 환경이겠지만.

파리에서처럼 도시 외곽의 공원이나 숲에 가서 말을 타겠다고 하면 쏟아지는 민원으로 나는 공무원의 원망을 한 몸에 받게 될 것이다. 공원에서 말 타면 안 된다고 어디 써 붙여 놓지는 않았지만 조금만 상상해 봐도 우리나라에서는 '절대 불가능'이다. 일단 말은 걸으면서 똥을 싼다. 그것도 엄청난 양을. 한곳에 자리를 잡고 응가를 하는 강아지들과 달리, 말들은 그렇지 않았다. 승마장에서 한창 신나게 말을 타고 있으면 코치님이 가끔 "말 똥 싸요!"라고 다급하게 외치실 때가 있는데, 말을 세우라는 뜻이다. 걸으면서 똥을 나열해 놓으면 치우기가 더 힘들기 때문. 걷는 정도가 아니라 달리면서 볼일을 보는 기예를 펼치고 나면 마장의 한쪽 변이 다 똥밭으로 변해 있는 광경을 볼 수도 있다.

펫티켓에 비추어 생각해 보자면, 만약에 말이 공원에서 똥을 싸면 나는 말에서 내려 애를 어딘가에 묶어 놓고 똥을 치워야 한다. 강아지 똥이야 작은 비닐봉지 하나만 있어도 쉽게 처리할 수 있지만 말똥은 그럴 수 있는 양이 아니다. 빗자루와 쓰레받기를 항상 짊어지고 말을 타야 하는 것이다. 그럼 파리에서는 어떻게 말과 함께 공원이나 숲을 유유자적 돌아다닐 수 있는 걸까. 이건 잘은 모르겠지만 이번 외승에서 보고 겪은 것과 소위 말해 마계(馬界)에 몸담고 계시는 전문가분들의 증언을 바탕으로 짐작해 보건대, 말의 습성에 대한 일반 시민들의 이해와 암묵적 동의, 그리고 내가 지불한 비용의 일부가 공원 유지 관리에 쓰이는 제도, 이 정도가 뒷받침되고 있기 때문이 아닐까 한다.

그때는 첫 외승에 그저 신이 나서 이런 진지한 생각을 못 했는데, 다음에는 꼭 물어봐야겠다. 어떻게 이런 공존이 가능하냐고.

불로뉴숲을 걷기도, 달리기도 하면서 한참을 가다보니 갑자기 범상치 않은 외관의 건물이 나타났다. 그 앞에는 꽤 많은 사람들이 입장을 위해 길게 줄을 서 있는 것이 보였다. 루이비통 재단의 미술관 (Fondation Louis Vuitton)이었다. 숲속에 미술관이 있어? 아니, 그보다 여기가 이런 미술관이 들어올 정도로 도심에서 가까운 곳이었던 가?

계속 부티와 함께 나무가 빽빽이 우거진 숲과 너른 잔디밭을 달리다 보니, 이곳이 도시의 일부라는 사실을 잠시 잊고 있었다. 나중에서야 안 사실이지만 불로뉴숲은 미술관뿐만 아니라 동물원, 식물원, 놀이공원, 경마장, 테니스장 등등이 곳곳에 들어와 있는 그야말로 종합레저 테마파크였다. 그리고 다시 한번, 승마도 이런 공원에서 할 수 있는 많은 여가 활동 중 하나가 될 수 있음에 나는 문화충격의 확인 사살을 당했다.

미술관 앞에 사람이 너무 많이 모여 있어서 그랬는지, 아니면 미술관 건물이 마음에 안 들었는지(?) Baptiste 아저씨의 말이 가까이 가기 싫다고 땡깡을 부려서 우리는 길을 재촉할 수밖에 없었다. 부티는 나 같은 초짜도 잘만 태우고 달리는 베테랑답게 Baptiste 아저씨가 말과 기 싸움을 하는 장면을 그저 물끄러미 바라보기만 했다.

눈 깜짝할 새 2시간이 흘러 있었다. 처음 트럭을 주차해 두었던 장소로 돌아오자 부티는 기다렸다는듯 풀을 뜯어 먹기 시작했다. 나는 그런 부티를 반쯤은 사랑스럽게, 또 반쯤은 부러운 눈빛으로 바라봤다. 2시간 내내 쉬지 않고 말을 타고 나니 너무 배가 고팠던 나는 부티 옆에서 같이 풀이라도 뜯어 먹고 싶은 심정이었다.

잠시 후 말들도 트럭 뒷칸에 자리를 잡고, 우리는 베르사유 궁전으로 향했다. 드디어! 상상만 하던 베르사유에서 말을 타는 시간이 코앞으로 다가온 것이었다. 배가 고픈 와중에도 그 설렘은 감출 수기 없었다. 친구와 유럽 배낭여행 때 가 본 이후 16년 만에, 말과 함께 다시 찾는 베르사유 궁전이었다. 베르사유는 여전히 아름답겠지. 그 넓은 운하를 이번에야말로 제대로 보고 오겠구나, 싶었다.

"거기 가면 canter 실컷 할 수 있어요."

아저씨는 감상에 젖어 있는 나에게 구보의 세상을 보여 주겠다는 듯 비장하게(?) 말했다. 그래, 구보 그까짓 거. 지금 부티와 함께라면 올림픽도 나갈 수 있을 것 같았다.

베르사유 궁전을 즐기는 기막힌 방법

베르사유 공원(Parc de Versailles). 베르사유 궁전에서 건물과 정원, 그리고 마리 앙투아네트의 오두막을 제외한 나머지 대부분의 면적을 차지하는 거대한 초지다. 네모 반듯하게 다듬어진 나무들이 근위병처럼 호위하고 있는 대운하가 하늘과 맞닿을 듯 뻗어 나가고, 그 너머에 보이지도 않는 광활한 땅이 펼쳐진다.

하지만 궁전 건물과 정원만으로도 이미 충분히 어마어마한 면적이기 때문에 베르사유를 처음 찾는, 그리고 다른 곳도 가 봐야 할 데가 많은 관광객들이 이 공원까지 제대로 경험한다는 것은 거의 불가능한 일이다. 몇 날 며칠을 베르사유에만 머문다면 또 모를까. 십수 년 전 나는 20여 일의 유럽 배낭여행 일정 중 하루를 꼬박 이 베르사유 궁전에 쏟아부었으나 궁전과 정원을 둘러보는 것만으로도 타임 오버였다. 운하가 펼쳐지는 공원 쪽은 아폴론의 분수쯤에서 그냥 한 번 바라보고 기념사진이나 남기는 것이 최선이었다. '저곳은 가 봤자 나무와 잔디밭밖에 없으니 이렇게 보면 된다'라는 여우의 신 포도 같은 생각을 하며.

그렇게 하루 종일 돌아봤는데 아직 다 보지 못한 공원의 면적이 지금까지 본 것의 5배는 더 된다는 사실도 놀라웠지만, 이 동네 사람들은 그곳에서 조깅이나 산책을 한다는 이야기가 더 신박했다. 베르사유 궁전에서 조깅을 하는 일상이라니. 다음에는 나도 꼭 베르사유에 숙소를 잡고 아침에 궁전 정원에서 조깅을 해 보리라 다짐을 했었더랬다.

그 다짐은 16년이 지난 후, 약간은 다른 방식으로 실현됐다. 그때는 전혀 생각하지 못했던 더 기가 막힌 방식으로.

불로뉴숲에서 Baptiste 아저씨의 트럭을 타고 20분쯤 달리자 'Versailles'라는 그 이름도 설렌 이정표가 보이기 시작했다. 베르사유는 파리와는 다르게 어쩐지 조용하고 소박한 분위기였다. 예전에 왔을 땐 동네가 어떻게 생겼는지는 관심도 없이 기차역에 내려 오로지 궁전 정문을 향해 돌진했었는데. 차를 타고 찬찬히 돌아보는 베르사유의 거리는 사치스러움의 끝을 보여 주는 궁전과 전혀 다른 느낌이었다. 이 동네 분위기를 좋아한다는 아저씨의 말에 '다음에는 파리 말고 베르사유에서 머물러 보고 싶어요'라고 이번에도 실천하지 못했던 나와의 약속을 괜히 한 번 더 읊어 보았다.

Baptiste 아저씨가 트럭을 몰고 간 곳은 베르사유 궁전의 정문이 아닌, '베르사유 공원'으로 곧장 갈 수 있는 옆문(?)이었다. MBTI가 E로 시작할 것 같은 아저씨는 주차비를 내는 그 잠깐의 시간에도 관리인과 수다를 떠셨다. 나는 그저 베르사유 궁전에 이렇게도 들어갈 수 있다는 게 신기했다. 동네 사람들이 조깅을 하러 갈 때는 아마 이런 길

몇 시간 같이 운동하고 갑자기 다정해진 부티

로 가는 것이겠지. 16년 전의 다짐을 반만이라도 지키게 된 것 같아 설렜다. 마치 프랑스 사람들만 아는 비밀의 문으로 들어가는 기분이었다.

"와인 마실 거예요?"

아저씨는 피크닉 준비를 하시면서 와인병을 꺼내며 나에게 물었다. 이번 외승 프로그램에는 말 타는 것 만큼이나 기대가 됐던, 막간의 스낵 타임이 포함돼 있었다. 홈페이지에서 봤던 사진에는 와인을 마시는 장면도 있었는데 나는 이따 또 말을 타야 하기 때문에 이번에는 안 줄지도 모르겠다고 걱정(?)을 했다. 하지만 역시 프랑스는 그런 거 없었다. 물은 와인이 없을 때나 마시는 거라지.

날씨가 좀 춥고 흐렸으나 프랑스 사람들이 어떤 사람들인가. 난로를 켜고 목도리를 둘둘 만 채로 야외에서 커피를 마시는 사람들이다. Baptiste 아저씨는 간이 테이블을 펼치고 그 위에 테이블보까지 씌운 후 예쁜 피크닉 바구니를 갖고 나오셨다. 홈페이지에 올려 놓은 사진은 그냥 설정이 아닐까 생각도 했었는데, 그리고 오늘은 손님이 나 하나뿐이니 대충 준비하지 않았을까 했었는데 프랑스 사람들의 감성은 그런 꼼수를 용납하지 않는 듯했다. 석 달짜리 승린이가 음주 승마까지 하면 안 되겠기에 나는 와인을 2잔만 마시는 것으로 이 사랑스러운 프렌치 피크닉을 아쉽게 마무리했다.

우리가 프렌치 감성 피크닉을 즐기는 동안 부티와 Baptiste 아저씨의 말도 풀을 뜯어 먹으며 쉬고 있었다. 묶여 있던 자리 주변에는 마음에 드는 풀이 없었는지 불로뉴숲에서만큼 신나게 먹진 않길래, 손수 부티의 취향에 맞는 풀을 찾아 와 입에 넣어 주었다. 오후에도 마저 잘 부탁한다는 풀 뇌물이었다. 맛있게 뇌물을 받아 먹은 부티는 기분이 좋아졌는지 처음 만났을 땐 허락하지 않았던 셀카에도 다정하게 동참해 주었다.

이제 'canter를 실컷 할 수 있다'는 베르사유 궁전의 드넓은 초원으로 갈 차례였다. 정말로 베르사유 공원에는 그냥 산책이나 조깅을 하러 온 동네 주민들이 많이 보였다. 관광객이지만 이쪽 공원이 궁금했는지 들어왔다가 길을 잃고 헤매는 사람들도 있었다. Baptiste 아저씨는 또 그 꼴을 그냥 못 보고 굳이 가서 문제를 해결해 주고 오셨다. 어디선가 누군가에 무슨 일이 생기면 틀림없이 나타나는 Bap 반장님이었다. 아무튼 아저씨 덕분에 더욱더 사람들의 시선을 한 몸에 받으며 베르사유 공원에서의 외승을 시작했다.

마리 앙투아네트의 오두막 옆을 지나 정말 끝없이 펼쳐진 들판으로 나갔다. 여기는 제아무리 베르사유 궁전 덕후라 할지라도 걸어서는 도저히 볼 수 없는 면적이었다. 아주 오래전, 프랑스 왕족과 귀족들도 이곳에서 말을 타고 달렸겠지. 말들이 좋아하는 풀과 부드러운 흙, 그리고 실컷 canter를 하기에 거칠 것 하나 없이 곧게 뻗은 길. 이 모든 것들이 수백 년 전부터 지금까지 이어져 내려오고 있었다. 그리고 이제는 한국에서 온 승린이가 이곳에서 canter를 배우고 있다.

Baptiste 아저씨가 달릴 때 앞지르지 말고 본인 뒤에 있으라고 했는데, 부티는 자존심이 상했는지 아니면 더 달리고 싶어서 그런 건지 자꾸만 아저씨의 말을 추월하려고 했다. 그러다 나와 부티 둘 다 흥분해서 앞으로 치고 나가 버렸는데, 아저씨도 그 순간에는 그냥 달리도록 내버려 두셨다. 나는 '어? 이래도 되나? 될까? 에라 모르겠다!'라고 생각하며 부티에게 모든 것을 맡겼다.

정말로, 살면서 가장 행복했던 30초였다. 대학 합격했을 때보다 더 가슴이 벅차올랐다. 부티가 너무 빨리 달린다 싶어 정신 차리고 얘를 다시 진정시키기 전까지, 부티와 함께 달렸던 그 베르사유 숲은 영원히 잊을 수 없는 시공간으로 남을 것 같다.

그렇게 한참을 달려 베르사유 궁전 운하의 가운데 지점에 도착했다. 저 멀리 관광객으로 북적거릴 궁전이 보였다. 그 옛날 반대 방향에서 바라보기만 했던 풍경 속에 내가 들어와 있는 것이었다. 이날에서야 나는 내가 베르사유를 '다 봤다'고 생각했던 것이 아주 큰 착각이었음을 깨달았다. 그리고 여전히 나는 베르사유를 결코 '다 봤다'고 할 수 없었다. 승린이에서 벗어나 좀 더 빠르게, 좀 더 오래, 좀 더 자유롭게, 이곳을 말과 함께 달릴 수 있기 전까지는.

내 인생 가장 가슴이 벅차올랐던 순간

　그렇게 꿈 같았던 외승을 마치고 호텔에 돌아온 나는 Baptiste 아저씨에게 이메일을 썼다.

　"오늘 정말 감사했습니다! 그런데 혹시 이번 주에 하루 더 탈 수 있는 날이 있을까요?"

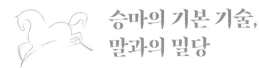

승마의 기본 기술, 말과의 밀당

그렇게 파리에서의 세 번째 외승이 급 성사됐다. 충동구매를 해도 이런 충동구매를 다 하다니. 언제부턴가 망설여질 때는 일단 'Go' 하자는 주의가 됐지만 2시간가량 기승에 30만 원이 훌쩍 넘는 돈을 쓴다는 것은 지름신의 은총이 좀 많이 필요한 일이었다. 결제를 마치고 난후 나는 호텔방 침대에 누워 반성 모드에 들어갔다.

'이거 돈을 너무 많이 쓰는 거 아닌가?'

'이렇게 말만 타러 갈 거였으면 뭐 하러 이 비싼 시내 한복판에 있는 호텔을 잡았어?'

'언제 또 올 수 있을지 모르는데 할 수 있을 때 해야지.'

'돈은 한국 가서 다시 벌면 돼.'

그렇게 한참을 내 안의 수많은 내가 여러 가지 주장들을 펼쳐 댔다. 이미 결제까지 다 해 놓고 그런 번민의 시간을 가지는 게 무슨 소용인가 싶지만, 그래도 양심처럼 남아 있는 이성이 '이게 정말 잘한 결정인가?'에 대한 철학적 성찰을 하게 만들었다.

하지만 결과적으론 '잘한 결정'이 맞았다.

불로뉴숲과 베르사유 공원에 이은, 말이 안 되게 너무 좋은 프랑스 파리의 마지막 외승지는 생클루 공원이었다. 나의 사치스런 파리 시내 한복판 호텔에서는 RER을 타고 30분 남짓만 가면 도착할 수 있는 거리였다. 원래는 왕족들이 머물던 '생클루 성'의 정원이었다고 하지만 그 흔적은 얼마 남아 있지 않다. 지금은 파리지앵들이 산책을 하거나 자전거를 타는, 평범한 사람들을 위한 아름다운 공원으로 사랑받는 곳이다.

이날도 나의 외승 파트너는 부티였다. 그래도 이틀 전에 하루 온종일 같이 운동한 사이라고, 처음 만났을 때보다 친근한 느낌이 드는 것이 기분 좋았다. 동물과도 사람 못지않게 조금씩 알아 가고, 친해지고, 더 잘 이해하게 되고, 말하지 않아도 다 알게 되는, 초코파이 같은 정이 들 수 있다는 것이 신기했다. 한국의 승마장 말들도 언제부턴가 나를 알아보는 것 같다고 혼자 괜히 뭉클해지곤 한다.

생클루 공원은 베르사유 궁전 못지않게 말을 타고 달리기에 안성맞춤인 곳이었다. 그리고 이날도 부티는 틈만 나면 풀을 뜯어 먹느라 정신이 없었다. 나는 처음보다 단호하게 고삐를 잡고 못 하게 하려고 했으나, 어쩐지 부티가 갈수록 더 마음대로 구는 것 같았다. '내가 너를 태우고 달려는 주지만 먹고 싶을 땐 먹는다'고 말하려는 듯, 잘 달리다 말고 갑자기 멈춰 서서 태연하게 풀을 뜯어 먹었다. 등에 누가 타고 있건 말건 상관하지 않겠다는 마이웨이 정신이 느껴졌다. 나는 그럴 때마다 힘없이 앞으로 고꾸라지며 점점 심해지는 허리 통증을 견뎌 내야 했다.

2시간가량의 코스가 끝나고 처음 주차한 장소로 다시 돌아왔을

되게 낭만적으로 보이지만
사실은 말에게 주도권을 다 뺏긴 무기력한 초짜 기승자의 모습이다

때, 부티의 내 멋대로 마인드는 하이라이트를 찍었다. 아무리 박차를 넣고 고삐를 당겨도 부티는 도무지 말을 듣지 않았다. 바닥에 고개를 처박고 일주일은 굶은 것처럼 풀을 뜯어 먹었다. 심지어 어디 풀이 더 맛있을까 요리조리 탐색하는 여유까지 부렸다. 나는 그저 부티 등에 타고 앉아 그녀의 식사가 끝나길 기다리는 수밖에 없었다.

"말이 마음대로 하지 못하게 하세요."

기승 횟수가 조금 쌓이고 '왕초보'에서 벗어나 '적당히 초보'가 됐을 때쯤, 코치님들이 '말을 활발하게 보내라'는 것 다음으로 나에게 많이 하신 이야기는 '말이 마음대로 하지 못하게 해라'였다. 물론 그것도 말을 활발하게 보내는 것만큼이나 쉽지 않았다. 수백 킬로그램짜리 동물이 저 가고 싶은 곳으로 가겠다는데 내가 무슨 수로 그걸 못 하게 할 수 있을까 싶었다.

말의 지능은 다섯 살짜리 어린아이와 비슷한 수준이라고 한다. 다섯 살 정도면 원하는 것을 얻기 위해 땡깡도 부릴 줄 알고, 하기 싫은 일이 있으면 사람 봐 가면서 반항도 하는 나이다. 지인이 어린이집 비슷한 곳에서 봉사활동 비슷한 것을 했는데 자기가 밥을 줄 때는 입 꾹 다물고 있던 아이가 선생님이 먹이니 순순히 받아 먹는 것을 보고 심한 배신감을 느꼈었다며, 다섯 살 지능의 영악함에 대해 실감 나게 이야기한 적도 있다.

말도 똑같았다. 내가 타고 있을 땐 꿈쩍도 하지 않거나 요리조리 제멋대로 가던 녀석이 코치님이 타자 언제 그랬냐는 듯 발랄 명쾌하게 달리곤 했다. 분명 방금 내가 탔던, 내 말은 지지리도 안 듣던 그 말이 맞는데, 바로 앞에서 보고도 나는 멀쩡한 내 눈을 의심할 수밖에 없었다. 내 등에 타고 있는 인간이 초보인지 무서운 교관인지, 내 마음대로 해도 되는 기승자인지 아닌지, 말은 다 알고 있었다.

부티도 몇 시간 함께 운동하고 나니 이제 내가 누구이며 어느 정도 실력의 기승자인지 알았던 거다. 내가 부티에게 초코파이 정을 느끼는 동안, 부티는 '아, 요 전날 만났던 초짜 기승자구나. 오늘은 마음대로 풀 뜯어 먹어도 되겠다. 아싸!'라고 쾌재를 부르고 있었다. 말이 다른 건 몰라도 기억력 하나는 기똥차다고 한다. 사람과 그 오랜 세월 동안 함께할 수 있었던 것도 그 기억력 덕분이지 않을까. 가자는 명령, 달리자는 신호, 멈추라는 지시 등등, 말이 기억하고 따라 주지 않았다면 인간은 말이 아니라 강아지를 타고(?) 다녀야 했을지도 모른다.

말이 마음대로 하지 못하게 해라. 그 이야기는 때론 단호하게 말을 통제해야 하지만, 자유를 줄 때는 줘야 한다는 뜻이기도 하다. 말과의 밀당에서 승리하는 것. 초보 기승자가 중급으로 레벨 업하기 위해 반드시 클리어해야 하는 과제였다.

돌아오는 길에는 파리 서쪽의 불로뉴 비양크루 지역에서 PCR 검사를 했다. 한국으로 출발하기 정확히 48시간 전이었다. 일주일 동안 파리에서 말도 타고 오페라도 보고 와인도 원없이 마신 나는 이날 남은 하루를 PCR 검사 대기에만 쓰더라도 여한이 없다고 생각했다. 검사하러 가기 전에 점심도 느긋하게 먹었다. 아침 공복에 2시간 동안 부티와 씨름을 했더니 뱃가죽이 등에 붙을 것만 같았기 때문이었다.

PCR 검사소로 가는 길에는 많은 음식점들이 있었지만 그 와중에 또 대충 먹기는 싫어서 고르고 골라 크레페 전문점에 들어갔다. 방금 아름다운 생클루 공원에서 신나게 말을 타고, 파리 외곽의 한 식당에 앉아 버섯과 계란을 넣은 크레페, 그린 샐러드, 그리고 화이트와인 한 잔을 마시고 있는 그 순간이 무척이나 행복했다.

다음에는 실컷 말 타고, 맛있는 음식 먹고, 또 실컷 말 타는, 그런 여행을 가자고 다짐했다. 그리고 그 다짐은 예상보다 일찍 실현되었다.

승마 꿀TIP_
승마 장비는 어떻게 준비해야 할까?

운동은 정말 장비발이 크다. 승마도 마찬가지다. 하지만 승마를 처음 시작할 때는 장비발 때문이 아니라 안전을 위해 장비를 잘 챙겨야 한다. 일단 무조건 있어야 하는 것은 헬멧이다. 내 뚝배기(?)는 내가 지켜야 하는 거다. 가장 중요한 장비이므로 헬멧은 어딜 가나 대여가 가능하다. 외승지에서는 딴건 다 필요 없고 오로지 헬멧만 있어도 사실 상관없다.

승마장에서 위생 관리는 잘 하겠지만 대여용이 찝찝하거나 내 머리에 딱 맞는 헬멧을 가지고 싶다면 구매를 하면 된다. 주의할 점은 유럽인 두상과 아시아인 두상이 다르게 생겼기 때문에 유럽 브랜드가 본인 머리 모양에 안 맞을 수도 있다. 다른 장비도 마찬가지지만 헬멧은 무조건 써 보고 사야 한다.

다음으로 필요한 것은 부츠와 승마바지. 부츠 역시 꼭 신어 보고 사야 하는 아이템이다. 그냥 패션 부츠와 달리 발 사이즈뿐만 아니라 발목부터 무릎까지 길이, 종아리 둘레도 잘 맞아야 한다. 부츠는 롱부츠, 또는 숏부츠에 챕스 조합으로 할 수 있는데 일반적으로 다리를 좀 더 잘 보호해 주고 잡아 주는 롱부츠를 많이 신는다. 하지만 기동성은 숏부츠에 챕스를 덧신는 조합이 더 좋으므로, 둘 다 살 거 아니면 본인이 더 중요하다고 생각하는 포인트에 맞춰서 선택하면 된다. 롱부츠를 산다면 부츠를 보관할 때 모양을 잡아 주는 '키퍼'도 같이 사는 것이 좋다. 그렇지 않으면 점점 고개를 숙이며 겸손해지는 부츠를 보게 될 수 있다.

승마바지는 엉덩이부터 다리 안쪽에 전체적으로 실리콘 패치나 가죽이 붙어 있는 풀그립(full grip)과 무릎 안쪽에만 있는 니그립(knee grip) 두 종류가 있다. (풀패치, 니패치라고 하기도 한다.) 패치가 많을수록 마찰력과 보호력이 커진다. '그럼 당연히 풀그립이 좋은 거 아냐?'라고 생각할 수 있지만 장애물 연습을 할 때는 니그립이 유리한 면도 있다. 그냥 보기에는 니그립이 예쁘긴 하다. '나는 패치에 의존하지 않고 버텨 보겠다!' 하시는 분들은 기능 대신 비주얼을 선택해도 큰 무리는 없다.

필수적인 장비는 대략 이 정도다. 그다음으로 장갑과 무릎양말도 필요하지만 꼭 '승마용품'이라 분류된 것을 고집할 필요는 없다. 대체로 골프, 테니스와 겸용이 가능하고 사실 연습할 때는 목장갑이 최고라 말하는 사람도 있다. 실력이 쌓이고 여유가 되면 박차, 안장, 그리고 말까지(?) 천천히 필요에 따라 구비해 나가면 된다.

제3장

6개월 차

승마 동호회에 가입했습니다

Riding a horse is not a gentle hobby, to be picked up and laid down like a game of Solitaire. It is a grand passion.

승마는 혼자 하는 카드 게임처럼 얌전한 취미가 아니다. 그것은 엄청난 열정이다.

- Ralph Waldo Emerson

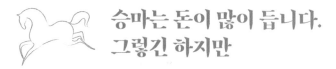

승마는 돈이 많이 듭니다.
그렇긴 하지만

파리 외승을 위해 주말마다 4타임씩 기승 연습을 했던 나는 일주일간의 돈 잔치 여행 이후 긴축재정 모드에 들어갔다. 우선 승마장 가는 횟수부터 절반으로 줄였다. 회원 할인에 지역화폐 찬스까지 써도 4타임이면 기승비로 일주일에 수십만 원이 든다. 줄였다고 해도 처음 승마를 시작했을 때 타던 만큼으로 되돌아간 것뿐이었는데, 문제가 있었다. 이제 1타임 45분은 너무 짧게 느껴졌다. 영 아쉬운 마음이 들었던 나는 결국 통장 잔고가 마를 때까지 일단 계속 타 보자고 생각했다.

승마에는 '귀족 스포츠'란 꼬리표가 늘 따라다닌다. 무엇보다 비싼 이용료가 가장 큰 이유다. 국민소득 2만 불 이상이면 골프, 3만 불 이상이면 승마를 즐긴다는 법칙도 있다(4만 불 이상이면? 요트가 등장한다!). 승마를 생활 스포츠로 즐기는 프랑스, 영국, 독일 같은 나라들 모두 1인당 GDP가 3만~4만 불 정도이니 완전 틀린 말은 아닌 듯하다.

우리나라도 2017년부터 국민소득 3만 불 시대가 시작됐지만 승마에 대한 넘사벽 이미지는 여전하다. 그런 반면, 요즘 들어 내 또래 사

하지만 내 인스타는 승마 사진으로 도배돼 있다

람들의 카톡 프사나 인스타그램에는 골프 사진이 많이 등장한다. 푸른 하늘과 정갈한 잔디밭을 배경으로 예쁜 골프 의상을 입고 드라이브샷을 날리는 사진이 복붙한 것처럼 올라오곤 했다. 코로나 이후 실외에서 다른 사람들과 별로 부대끼지 않고 할 수 있는 스포츠, 예를 들어 테니스도 요즘 유행이라는 모양이었다. 그럼에도 승마는 그 대열에 끼지 못하고 있다.

'골프도 승마만큼 돈이 많이 들 텐데?'라는 의구심이 들었지만 확실히 승마가 비용이 비싸다는 건 인정할 수밖에 없었다. 하지만 골프뿐만 아니라 스키, 자전거, 스쿠버다이빙, 서핑 등등 취미로 하는 운동에 장비와 이용 요금을 아끼지 않는 우리나라 사람들의 습성에 비하면, 승마가 아직 대중화되지 못했다는 것이 단지 가격의 문제만은 아닌 것 같다. 거기에는 '말을 탄다'는 것에 대한 묘한 두려움도 포함돼 있었다. 내가 승마 이야기를 하면 나오는 여러 가지 반응 중에 '말이 무섭지 않냐'는 질문도 꽤 많이 등장한다. 나 역시 아무리 동물을 좋아한다고 해도 처음 승마를 시작했을 땐 선뜻 다가가기가 망설여지곤 했었다.

말들이 덩치만 컸지 나뭇가지 흔들리는 것만 봐도 깜짝깜짝 놀라는 순 쫄보들이란 걸 알기 전까진.

매 주말마다 승마장을 가고 유럽으로 외승을 다녀오는 돈 잔치를 하고 있지만, 나는 금수저도 뭣도 아니다. 그냥 승마가 정말 재밌고 좋아서 지금 내가 가진 모든 자원을 몰빵하고 있는 것뿐이다. 월급이 나오면 고스란히 승마장에 갖다 바치고 있다고 농담처럼 이야기해도 사실은 진짜로 거의 그렇다. 대신 쇼핑하는 횟수가 급격히 줄었고, 마시는 술의 단가가 낮아졌으며, 가끔 혼자 고급 음식점에 가서 플렉스하던 일도 그만두었다.

나도 내가 이렇게까지 무언가에 홀릭할 수 있다는 게 신기하다. 재즈댄스를 할 때도 이 정도로 즐기면서 하지는 않았던 것 같다. 그렇게 몰입할 수 있는 취미가 있어서 좋겠다, 부럽다 이런 이야기도 가끔 듣는다. 그러면서 보통은 이렇게 덧붙인다.

"나는 내가 뭘 좋아하는지 모르겠어."

여기서 '좋아하는지'는 '잘하는지'로 바꿔서 읽어도 된다. 한참 신나게 승마 이야기를 하고 나면 이런 반응이 돌아오는 게 어색했다. 왜냐면 나 역시 내가 뭘 좋아하는지 혹은 잘하는지 잘 모르는 사람이었

말 탈 때 제일 행복한 나

기 때문이다. 취미든 또 다른 재능이든, 몰입할 수 있는 무언가를 찾기 위해서 시도는 참 여러가지 많이 했었다. 책까지 사 가면서 와인을 공부하기도 했고 <퀸스갬빗>을 보다 느닷없이 체스를 배우기도 했다. 사실 지난 파리 여행의 쇼핑 위시리스트에는 '체스판'도 있었는데, 승마를 시작하고 난 후 체스에 대한 나의 관심과 애정은 급격히 식어 버리고 말았다.

결국 내가 뭘 좋아하는지, 잘하는지 알고 싶다면 계속 무언가를 시도해 보는 수밖에 없다. 그게 싫다면 나에게 푸념을 늘어놓을 게 아니라 점쟁이를 찾아가야 할 것이었다.

그렇게 덕질하듯 주말 아침이면 어김없이 승마장에 가는 날들이 이어졌다. 다들 불금을 보내는지 토요일 아침 승마장은 유독 더 한가로웠다. 승마 스케줄 예약표의 주말 오전 8시, 9시 타임에는 늘 내 이름이 올라가 있는 것을 보고 NPC(Non Player Character) 같았다는 소감을 전해 주신 분도 계셨다.

그러던 어느 날, 승마장 감독님이 뜻밖의 제안을 하셨다.

"동호회에 가입해 보는 게 어때요?"

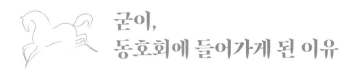

굳이,
동호회에 들어가게 된 이유

　사실 나는 한 번도 동호회라는 것을 해 본 적이 없었다. 그렇다고 특별히 사람 만나는 것을 싫어하는 사회 부적응자는 절대 아니다. 그럼에도 동호회, 동아리 같은 모임을 기피했던 것에는 크게 두 가지 이유가 있었던 것 같다. 첫 번째는 어떤 공통의 관심사를 명분으로 내세우면서 사실은 이성 간의 만남이 주 목적인 분위기 혹은 사람들이 있을까 봐였다. 그렇다고 무조건 나한테 집적댈 거라는 도끼병에 걸린 건 아니지만 작업이 걸리면 걸리는 대로, 안 걸리면 안 걸리는 대로 기분이 나쁠 것 같았다.

　두 번째는 같은 취미를 가지고 있을 뿐 아무런 공통점이 없는 낯선 사람들에 대한 나의 무관심이었다. 왜 잘 모르는 사람들과 굳이 함께 취미 생활을 해야 할까, 그런 생각이 들곤 했었던 것이다.

　승마 동호회는 아주 많지도 않지만 그렇다고 전혀 없는 것도 아니었다. 동호회 이름들은 '말'을 가지고 만들 수 있는 모든 말장난들을 보는 듯했다. 말벗, 말로, 말랑말랑, 1인1마, 마왕(?) 등등. 인터넷에서는 정말 다양한 아재 개그, 아니 동호회 이름들이 보였는데, 그중에서 감독님이 나한테 추천해 주신 동호회는 '프리런'이었다.

그날도 평소와 다름없이 주말 아침 첫 2타임에 기승을 하고 집에 가려던 참이었다. 동호회에 가입해 보라는 감독님의 제안에 나는 '굳이 왜?'라는 머릿속의 생각을 입 밖으로 내뱉지 않으려 노력하면서 한쪽 귀로 듣고 한쪽 귀로 흘려보내려 하고 있었다. 그런데 하필 때마침 동호회 회원 한 명이 옆을 지나가고 있었고, 감독님은 또 굳이 불러 세워서 나에게 동호회 가입하는 법을 알려 주라고 하셨다.

눈 깜짝할 사이에 너무 완벽하게 영업을 당한 나는 집에 돌아와 잠시 고민을 하다, 그 회원분이 알려 준 대로 동호회 가입을 할 수 있는 어플에 들어가 봤다. 그때 내 눈에 들어온 것은 평창의 한 펜션 이름과, 하얗게 눈이 덮인 산속을 대여섯 명의 사람들이 말을 타고 줄지어 걸어가고 있는 사진이었다. 여긴 예전에 학교에서 MT 갔던 곳이잖아. 세상에, 여기서도 말을 탈 수 있었던가? (난 술 먹은 기억밖에 없는데.)

그 사진 한 장은 동호회에 대한 나의 오랜 선입견이 여전히 마음 한구석에서 삐딱한 시선을 보내는 와중에도 가입 버튼을 누르게 만들었다. 한국에서도 몇 번 외승을 가려고 알아봤지만 파리에서 그랬던 것처럼 혼자 할 수 있는 프로그램은 눈을 씻고 찾아봐도 없었기 때문이었다. 우리나라에서 외승을 가려면 동호회 가입은 필수나 다름없었다.

그렇게 난생처음으로 동호회에 가입을 하고 얼마 후, 외승을 간다는 공지가 올라왔다. 장소는 요전에 봤던 평창의 그곳. 그런데 외승에

한국에서 외승을 가려면 동호회 가입은 필수나 다름없다

참가하기 위해서는 한 가지 조건이 달려 있었다.

'동호회 정모 참석자만 신청 가능.'

동호회 정모는 매주 토요일 늦은 오후였다. 아침 운동을 좋아하는 나로서는 썩 내키지 않은 일정이었지만 일단 한 번만 참석해 보자는 마음으로 나갔다. 한낮의 열기가 아직 채 식지 않은 오후의 승마장 공기는 뜨뜻미지근했다. 한산한 아침 시간과 달리 사람도 많고 말들도 약간 지친 모습이었다.

여러 사람들과 함께 말을 탄다는 건 승마의 또 다른 난제였다. 지금 내가 타고 있는 말에만 집중해도 정신이 없는 판국에, 다른 기승자의 속도나 방향은 물론 각각의 말들이 어떤 성격인지도 알고 있어야 했다. 누가 누굴 싫어한다거나, 뒤에 붙으면 발로 후려차니까 가까이 가면 안 된다거나. 다섯 명의 사람과 다섯 마리의 말이 사방팔방으로 뛰어다니는 실내 마장을 처음 겪어 본 나는 마치 도로 주행을 처음 나온 초보 운전자가 된 기분이었다.

아침에 승마장을 전세 낸 것처럼 혼자 탈 때보다 영 생각처럼 되지 않아 당황스러움과 민망함이 온몸을 엄습했지만 외승을 가기 위한 미션을 하나 해결했다는 홀가분함이 더 컸다. 집으로 가려던 찰나, 이번에는 동호회 팀장님이 나를 붙잡으셨다. 저녁을 먹으러 다 같이 가자는 것.

'아…… 그냥 집에 일찍 가서 쉬고 싶은데. 그런데 여기서 거절하면 나 되게 까칠하고 재수 없어 보이겠지? 어차피 저녁은 먹어야 하니까. 가자, 가.'

망설이는 티를 최대한 내지 않으려 빠르게 생각을 정리한 나는 알

겠다고 대답했다. 그나마 그날 저녁 메뉴가 장어구이였다는 점이 이 온갖 낯선 자극들을 견뎌 내는 데 아주 큰 위안이 됐다.

당당히 외승 신청 자격을 획득한 나는 동호회 공지글에 댓글을 달 았다. 그러다 '카풀 비용'이 있다는 것을 발견하고 나는 당연히 자차로 가겠다는 의사를 밝혔다. 원래 늘 그래 왔으니까. 카풀이란 건 차가 없 거나 장거리 운전이 힘든 사람들을 위한 것일 뿐이었다. 사는 곳도 다 르고 별로 친하지도 않은 사람들과 몇 시간의 자동차 여행을 일부러 감내할 필요는 없다는 것이 그동안 내가 속해 왔던 집단의 일반적인 사고방식이었다.

평창으로 출발하기 이틀 전, 동호회 팀장님으로부터 전화가 왔다.

첫날 제시간에 출발할 수 있는 사람이 우리 둘밖에 없으니 둘이서라도 한 차로 가자는 것이다. 팀장님과 나의 집은 누가 어디로 가든 불편하기 짝이 없는 동선이었다. 내가 머뭇거리자, 팀장님은 본인이 아침 일찍 우리 집 앞으로 오시겠다고 했다.

헐. 굳이요?

대체 왜 이렇게까지 하시는 걸까, 그 질문의 답을 알게 되는 데 많은 시간이 필요하지는 않았다.

팀장님은 정말 약속대로 아침 8시 30분에 우리 집 앞으로 오셨다. 1분도 늦지 않은 시간이었다. 황송하게도 팀장님의 사모님이 여기까지 라이드를 해 주신 거였다. 그만큼 다른 때는 팀장님이 가정에 무척이나 헌신하신다는 것이 동호회 회원들의 증언이었다. 매주 토요일마다 동호회 한다고 밤늦게까지 밖을 싸돌아다니는(?) 것도 모자라 주말에 1박 2일로 외승을 떠나는 남편을 사모님이 손수 바래다주기까지 하시다니. 도대체 평소에 얼마나 헌신을 하시는 걸까, 궁금해졌다.

첫 동호회 정모에 참석하고 2주일이 지났다. 아침 일찍 출발했지만 고속도로는 우리와 비슷한 수준의 부지런함을 장착한 나들이객으로 이미 북적거리고 있었다. 예상 소요시간은 평소보다 많은 3시간 남짓. 그말인즉 아직 '덜 친한 사람' 혹은 '잘 모르는 사람' 카테고리로 분류되는 팀장님과 단둘이서 3시간 혹은 그 이상이 될지도 모르는 시간을 보내야 한다는 뜻이었다.

침묵의 공기를 견디지 못하는 나는 어떻게든 화젯거리를 찾아내려 애쓰는 편이다. 하지만 평창으로 가는 차 안은 생각보다 오디오가

비는 순간이 많지 않았다. 말에 미쳐 있는 두 사람이 한 공간에 있으니 가는 내내 그냥 승마 이야기만 하게 됐고, 3시간의 자동차 여행을 지루하지 않게 하기에 충분했다.

'프리런'의 시작은 승마장 근처 어느 막걸릿집에서 성사됐다고 한다. 팀장님은 승마를 시작하고 1년 사이에 기승 횟수 200회를 돌파한, 정말 나보다도 더한 승마장 NPC셨다. 그러다 보니 외승을 가고 싶어졌지만 내가 그랬던 것과 똑같은 벽에 부딪칠 수밖에 없었다. 혼자서는 외승을 갈 기회가 별로 없다는 바로 그 벽. 같이 말 타러 갈 수 있는 사람들이 있었으면 좋겠다, 동호회를 해 볼까, 그런 생각이 조금씩 들기 시작했다고 하셨다.

그날도 승마장 고인물, 아니 덕후, 아니 승마 애호가답게 말을 타러 가신 날이었다. 팀장님이 원형 마장에서 왕초보 시절을 보낼 때부터 레슨을 해 주신 코치님이 있는데, 그날따라 갑자기 이런 말을 꺼내셨다고 한다.

"회원님, 동호회 한번 해 볼 생각 없으십니까?"

팀장님 말로는 그 전까지 단 한 번도 동호회의 'ㄷ' 자도 이야기하지 않았었는데, 머릿속을 들여다보기라도 한 것처럼 코치님이 동호회 이야기를 했다는 것이다. 그리고 그날 기승을 마치고 둘이서 막걸릿집으로 가 지역 술인 '오봉막걸리' 12통을 비우고 조촐한 동호회 창단식을 마쳤다고 한다. 2021년 7월 9일의 일이었다.

이게 팀장님 버전의 동호회 창단 과정이다. 코치님 버전은 이렇다.

"같이 술 먹고 놀고 싶었거든요."

동호회 사람들과 함께한 제주도 일출 승마

　동호회를 만든다는 큰 그림에 합의를 본 다음 해야 할 일은 동호회 이름을 짓는 것이었다. 처음에 팀장님이 제안하신 이름은 너무나도 40대 감성인 '인덕원초보승마클럽'. 정말 이 이름이었다면 나는 절대 가입을 하지 않았을 것이다. 나도 곧 40대가 되는 마당이지만 굳이 동호회 이름까지 나이에 어울리게(?) 할 필요는 없잖아. 그러자 아직 20대인 코치님이 크게 비웃으며 제안한 이름이, 지금 동호회명인 '프리런'이다.

　학생 선수 출신인 코치님이 아는 승마는 욕 먹으면서, 스트레스 받으면서 하는 것이었다고 했다. 동호회를 만들고 다 같이 제주도로 외승을 기 해변을 달렸을 때 처음으로 말을 타면서 즐겁다는 기분을 느꼈을 정도라니. 프리런이라는 이름에는 뭐 대단한 뜻이 있는 게 아니

다른 사람들과 함께 말 타는 즐거움

었다. 그냥 자유롭게, 행복하게 말을 타고 싶었다는 코치님의 소박한
바람을 20대 감성의 콩글리시(?)로 표현한 결과였다. 하지만 그 선수
습성은 쉽게 버릴 수 있는 게 아닌 건지, 지금도 동호회 사람들이 말귀
를 못 알아듣고 (코치님 표현에 의하면) '거지같이' 말을 타면 샤우팅을
질러 대는 통에 늘 원성이 자자하긴 하다.

저녁 시간이 가까워질 즈음 후발대로 출발한 사람들이 모두 펜션
에 모였다. 그리고 또다시 나에게는 '잘 모르는 사람' 카테고리에 들어
가는 낯선 이들과 밥을 먹고 술을 마셔야 하는 상황이 닥쳤다. 노래방
기계를 갖고 다니시는 코치님 덕분에 음주뿐만 아니라 가무도 사랑했
던 20대 시절의 나를 소환해야했지만, 이미 그 시점에서는 카풀조차
꺼려했던 나는 더 이상 없었다. 그저 말 이야기를 이렇게 실컷 편하게

함께 할 수 있는 사람들이 있다는 것이 무척이나 즐거웠다. 그 즐거움에 취해, 근 20년 지기들이나 기억하는 나의 봉인 해제된 모습을 그날 밤 동호회 사람들에게 오픈하고 말았다.

왜 굳이 팀장님이 카풀을 위해 사모님 찬스까지 쓰셨는지 알 것 같았다. 이기심과 합리주의로 똘똘 뭉쳐 내가 좋아하는 것을 남과 공유하려 노력하는 시간을 아까워하는 동안, 나는 얼마나 많은 행복을 놓치며 살아온 걸까.

소맥과 승마 이야기로 영혼까지 진하게 물든 그날 밤, 서울로 돌아갈 때는 내가 팀장님을 댁 앞까지 라이드해 드리겠다고 선언했다.

"마계(馬界)에 한번 발 들이면 빠져나오기 힘든데."

승마에 진심으로 재미를 느끼고 파리 여행에서 엄청난 승마 컬처 쇼크를 경험한 후, 갑자기 말 산업에 관심이 생겨 무작정 찾아갔던 어느 농경제학 교수님께 들은 이야기다. 교수님은 말 산업 연구를 안 한 지 좀 돼서 도움이 될지 모르겠다고 하시면서도, 말을 좋아한다는 이유만으로도 만나 보고 싶다며 흔쾌히 시간을 내 주셨다. 그렇게 초면인 교수님과 1시간 동안 시간 가는 줄 모르고 말 이야기를 했다. 다른 교수님이 오셔서 회의 들어가셔야 한다고 이분을 인터셉트해 가지 않으셨다면, 교수님과 말 이야기를 하다 막걸리 12통을 깠을지도 몰랐다.

내가 그동안 동호회를 기피했던 데에는 가장 큰 세번째 이유가 있었다. 그건 '동호회'라는 것을 할 정도로 열정을 쏟을 대상이 없었다는 것. 해 뜨는 시간에 맞춰 나가는 '일출 승마' 코스를 가기 위해 12시가 넘은 시간까지 술을 마시고도 새벽 4시에 일어나는 미친 짓을 함께하는 것이 이 마계에서 만난 사람들과는 가능했다. 그래서 나는 더 자유롭게, 즐겁게, 승마라는 것을 계속할 수 있을 것 같다, 그런 예감이 들었던, '다른 이들과 함께한' 첫 외승이었다. (결국 한 분은 기승 중에 어제 먹은 걸 확인하셔야 했지만.)

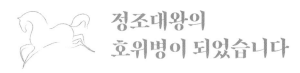

정조대왕의
호위병이 되었습니다

어느 아름다운 주말, 우리 동호회 사람들은 뜻밖의 경험을 하게 됐다. 정조대왕 능행차를 재현하는 행사에 '말 타는 역할'로 참여할 수 있게 된 것이다. 그러고 보면 인간이 말을 타는 모습을 필요로 하는 상황은 생각보다 자주 있는 것 같다. 방송가에서도 말을 탈 줄 아는 스태프들은 종종 사극 촬영 때 엑스트라로 동원된다는 모양이다. 그 이후로 TV나 영화에서 말이 달리는 장면이 나오면 줄거리보다 말 타는 사람들의 자세 따위에 더 시선이 가는 주객전도의 시청 모드가 되곤 한다.

이번 섭외는 동호회 코치님을 통해서 들어온 제안이었다. 이럴 때 보면 코치님들이나 말을 좀 오래 타신 분들은 서로가 서로의 손바닥 안에 있다는 느낌이다. 여섯 다리만 건너면 전 세계 모든 사람들과 연결될 수 있다지만, 말을 탈 수 있으면 두 다리 정도만 건너도 되는 지름길이 생기는 듯하다.

정조대왕 능행차는 창덕궁에서 출발해 화성시에 있는 융릉까지 이어졌던 왕의 행렬을 재현하는 행사였다. 융릉은 사도세자라는 이름이 더 유명한 정조대왕의 아버지, 장조의 능이다. 지금은 정조의 능과 함께 '융건릉'이라고 불린다. 정조는 아버지의 능을 이곳에 새롭게 만들고 무려 60km에 달하는 거리를 13번이나 다녀왔던 것으로 알려져 있다.

우리가 재현하는 건 혜경궁 홍씨의 회갑을 맞아 정조가 어머니와 두 여동생을 모시고 떠난 1795년의 행차였다. 물론 재현 행사에서 하나의 무리가 저 긴 코스를 모두 소화한 것은 아니었다. 서울의 강북, 강남 구간이 나뉘어져 있었고 수원시 구간과 화성시 구간도 별도였다. 실제 정조대왕의 화성 행차는 이틀에 걸쳐 이루어졌는데 현대에도 첫날은 서울, 하이라이트가 될 둘째 날은 수원과 화성에서 행사가 열렸다.

주요 배역인 정조대왕, 혜경궁 홍씨, 청연군주와 청선군주(*정조의 여동생들)는 특별히 오디션을 거쳐 선발된 분들이셨다. 내가 사는 동네도 정조대왕의 행차가 지나가는 중요한 길목이어서 구민들에 한해 주요 배역 오디션에 도전할 기회가 있었지만, 저 네 명의 주연들 중에서 말을 타고 이동하는 것은 정조대왕이 유일했다. 나머지 궁중 여인들은 (바퀴가 달린) 가마를 타고 호박 마차 탄 신데렐라처럼 우아하게 앉아 시민들의 인사와 이따금씩 들어오는 사진 촬영 요청에 응하는 공주님 역할이었으나 그건 딱히 내키지 않았다.

하지만 정조대왕 역은 남성이어야 한다는 조건이 붙어 있었다. 아니, 요즘 세상에 남자를 여자로 꾸미고 여자를 남자로 변장시키는 건 일도 아닐 텐데요. 조선시대 왕 중에서 유일하게 문무를 겸비했던 엄

친아이자, 본인보다 똑똑한 신하가 없어 늘 "공부 좀 하시라"며 잔소리를 했다던 먼치킨 정조 역할을 뽑는 데 생물학적 성별의 제한을 두다니요.

동호회에서 100% 말 타는 역할이 보장된 알바 기회가 없었다면 나는 진심으로 구청에다가 민원을 넣을 뻔했다. 그렇다. 우리는 출연료까지 약속돼 있었던, 말을 탈 줄 모르면 하지 못하는 역할에 당당히 캐스팅된 조연들이었다.

새벽부터 출장 나오느라 고생한 말 친구들

　화성시 구간에 배정된 우리 동호회 사람들은 아침 7시 반까지 화성시 어딘가로 모이라는 지령을 받았다. 비 소식이 있었지만 그래도 행사는 예정대로 강행됐다. 비 때문에 취소한다고 했으면 그건 그거대로 실망이 컸겠지만, 전날까지 더없이 좋은 날씨였다가 행차 날 아침이 되자 꾸물꾸물해진 하늘을 보니 마음이 영 뒤숭숭했다. 디데이가 임박해서까지 제대로 된 안내도 해 주지 않았던 공무원들에게 화도 나 있었고, 이런 날 구경 나오는 사람들이 얼마나 있을지 걱정도 앞섰다. 주말 아침에 출근하는 기분도 들어 어쩐지 귀찮다는 생각마저 들었다. 200년 전 왕가 일행을 직접 수행했던 신하들의 기분도 이랬을까. 아니면 우리의 먼치킨 정조대왕님은 빠른 결정과 명확한 지시와 충분한 보상으로 이런 불만들을 빠르게 잠재우셨을까.

어쨌거나 우리는 정확히 어떤 역할을 하게 될지도 모른 채 화성시로 향했다. 집합 장소에 도착하니 제법 많은 사람들이 이미 도착해 있었고 말 수송차들도 보였다. 말들은 답답한 건지 궁금한 건지 연신 창밖으로 고개를 내밀어 주변을 두리번거리고 있었다. 아침부터 먼 길 달려오느라 얘네들도 스트레스가 이만저만이 아닐 것 같았다.

의상은 생각보다 멋있었다. 처음에는 무당 같다는 생각도 들었는데 모자도 쓰고 활도 메고 칼도 차고 나니 제법 왕실 근위대 폼이 났다. 하지만 이렇게 치렁치렁한 옷을 입은 것만도 불편한데 무기까지 든 채 말을 타야 한다는 사실이 떠오르자 갑자기 걱정이 되기 시작했다. 다들 나와 같은 마음이었는지 말을 데려온 승마장 코치님이 "이 말 순해요"라고 하면 그 말은 순식간에 품절(?)이 됐다. 어떤 말은 선수용이라서 아무나에게 줄 수 없다며 시합 나가 본 경험이 있는 사람을 찾기도 했다. 나는 맨 뒤에 서서 나보다 더 불안에 떨고 있는 다른 사람들에게 이 말 저 말 다 양보하다 보니 정작 내가 탈 말을 못 받은 상황이 돼 있었다.

"세 분 중에 제일 잘 타시는 분이 이 말 타시면 돼요."

나처럼 말을 배정받지 못한 사람이 두 명 더 있었는데, 이리저리 방황하던 우리에게 스태프 한 분이 말 한 마리를 데려오셔서는 이렇게 말씀하셨다. 두 명 중 한 명은 연신 말 상태에 대해 불안감을 토로하고 있었고 나머지 한 명은 이제 말을 15번 타 봤다고 고백했다. 결국 그 말은 내 차지가 됐는데, 나중에 어디로 돌려보내야 할지 알기 위해 승마장 이름을 물어보니 그 스태프분은 본인도 알바생이어서 잘 모른다는 말을 남기고 사라져 버리셨다.

걱정과 달리 처음에는 발걸음도 가볍고 발랄하게 움직여서 다행이라고 생각했다. 하지만 본격적인 행사가 시작되고 가만히 서서 대기해야 하는 시간이 길어지자, 녀석은 좀이 쑤시는지 도무지 가만히 있질 못하고 다른 말들을 괴롭히기 시작했다. 슬금슬금 후진을 하더니 여기저기 발길질을 하기도 하고 옆에 있던 다른 기승자분의 활을 물어뜯기도(?) 했다. 나는 그런 말을 겨우겨우 진정시켜 가며 연신 "죄송합니다!"를 외쳐 댔다. 그러자 아까 나에게 말을 주고 가셨던 알바분이 어디선가 다시 나타나서는 이렇게 충고하시곤 또 사라지셨다.

"그 말 뒷발* 차네요! 조심해서 타세요! (Good Luck!)"

(*말의 뒷발차기는 육식동물도 쫓아내는 위력을 가진다. 잘못 얻어맞으면 다리가 부러지거나 죽을 수도 있다.)

나는 그 이후로도 끊임없이 옆 말한테 시비 걸고 뒷발 차고 그 와중에 앞에서 오는 차는 무서워하고 그러다 갑자기 속보로 냅다 뛰는, 이름도 성도 모르는 그 말과 씨름을 하며 장장 5시간을 버텨 냈다.

내리다 말겠지라는 바람과 달리 점점 강해지는 빗줄기를 맞으며 정신 줄을 놓아 가고 있던 우리는 덩달아 같이 비를 맞으면서 연신 "멋있다"고 환호해 주시던 시민분들 덕분에 다시 기운을 낼 수 있었다. 날씨 때문에 구경꾼이 없을지도 모른다는 걱정은 기우였다. 다들 우비를 입고, 우산을 쓰고, 어떤 꼬마 아가씨는 예쁜 한복을 차려입고 우리를 반겨 주셨다.

실제 역사에서도 행차 둘째 날에는 비가 왔었다고 하니 이보다 완벽한 역사 재현은 있을 수가 없었다. 이건 사도세자의 저주인 걸까. 무

다들 내년에 또 하실 건가요?

려 그때는 2월의 겨울 날씨였고 백성을 너무 사랑했던 우리 정조대왕 님은 회갑연이 끝나서도 백성들에게 은혜를 베푸시느라 8일 동안 궁으로 돌아가지 않으셨다고 한다. 200년 전의 신하들보다 우리가 팔자는 더 나았다.

내년에 또 하겠냐는 질문에 행차를 하는 동안에는 고개를 절레절레 내저었지만 어느새 기억은 조금씩 미화돼 즐겁고 재밌었던 추억으로만 남았다. 이름도 모르고 헤어졌던 사고뭉치 내 말도 은근 그리워졌다. 말을 탈 수 있는 덕분에, 무엇보다 동호회 사람들이 함께 있었기에 가능했던 아주 특별한 나들이었다.

승마 꿀TIP_
어떤 운동이 승마에 도움이 될까?

　승마는 기본적으로 상체보다 하체의 힘과 유연성이 중요하다. 어깨, 팔, 손 같은 부위는 그냥 없다고 생각하는 게(?) 낫다. 하지만 대부분의 초보들은 상체에 힘이 많이 들어가고 손에 많은 의존을 한다. 나 역시 마찬가지. 그래서 코치님이 말에게 조마삭 끈을 매고 나는 고삐를 놓은 채 타는 연습을 하기도 했다.

　그래서 첫째로, 코어를 단련하는 운동을 하길 추천한다. 말을 타다 보면 '체중이 먼저, 그다음이 다리, 마지막이 손'이라는 법칙을 육하원칙만큼이나 자주 들을 수 있다. 하지만 대개 초보들은 그 반대 순서대로 한다. 코치님이 계속 체중을 실으라고 하시지만 여기서 뭘 어떻게 더 실으라는건지 당최 이해가 안 되곤 했다. 내가 갖고 있는 체중을 말에게 더 전달하라는 뜻인데 이때 사용하는게 코어 근육이다. 이렇게 코어에 힘을 주어서 무게중심을 아래로 내리면 자연스럽게 어깨 힘이 빠지는 효과도 느낄 수 있다.

　둘째로, 골반의 유연성을 기르는 운동도 좋다. 골반이 유연해야 말의 움직임을 자연스럽게 따라갈 수 있고, 그래야 좌속보나 구보가 안정적으로 된다. 인터넷에서 많이 추천하는 간단하고 쉽게 할 수 있는 동작 두 가지만 소개해 보겠다.

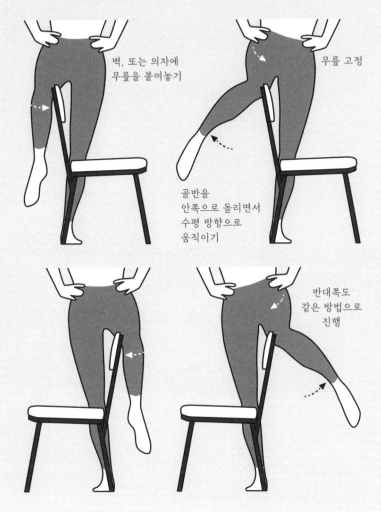

벽, 또는 의자에
무릎을 붙여놓기

무릎 고정

골반을
안쪽으로 돌리면서
수평 방향으로
움직이기

반대쪽도
같은 방법으로
진행

한쪽 무릎을 의자에 올리거나 벽에 대서 고정한 후 발을 바깥쪽으로 밀어내서 골반을 안쪽으로 돌아가게 했다가 제자리로 돌아온다. 반대쪽도 마찬가지. 좌우 각 10번씩 해 준다.

바닥에서 한쪽 골반은 안쪽을, 다른쪽 골반은 바깥쪽을 향하게 하고 무릎은 'ㄱ' 자로 꺾어 허리를 세우고 앉는다. 다시 양쪽 골반의 방향을 바꾼다. 힘들면 처음에는 양손을 바닥에 짚고 하다가 익숙해지면 손을 가슴 앞에 모으거나 머리 뒤로 올려서 골반의 힘으로만 움직인다. 각 10번씩 총 20회 실시한다.

제4장

8개월 차

알자스 승마 여행을 떠났습니다

Every time a horse lets you up onto its back, it's giving you its life. Every time.

말이 그의 등을 내어 줄 때는, 그의 삶을 내어 주는 것이다.

- Matthew Woodring Stover

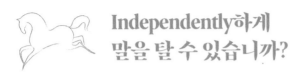

Independently하게
말을 탈 수 있습니까?

파리 외승 이후 다음엔 '실컷 말 타고 맛있는 것 먹고 또 실컷 말 타는' 여행을 가리라던 계획은 예상보다 일찍, 그러니까 파리를 다녀온 지 4개월 만에 실현됐다. 드넓은 베르사유 궁전의 초지를 부티와 신나게 달렸던 그 시간을 못 잊은 나는 틈만 나면 핸드폰 사진첩을 들여다보며 질척거리다, 프랑스의 다른 외승지들을 검색해 보기 시작했다. 그냥 어떤 게 있나 한번 보기나 하자며 시작된 인터넷 서핑은 어느새 본격적인 여행 계획을 짜는 것으로 바뀌어 있었다.

유럽의 외승지들은 정말 상상 이상이었다. 아이슬란드에서 오로라를 보러 가는 것도 있었고, 와이너리 투어를 하는 것도 있었으며, 몽생미셸 같은 유적지를 가기도 했다. 유럽이 아니라 전 세계로 검색 범위를 넓히면 더 기막힌 코스들이 많았다. 하지만 나는 불과 몇 달 전에 1년 치 돈 잔치를 다 하고 온 처지였다. 이미 마음은 유럽행 비행기를 타 버린 상태였지만 다음 여행은 내년에나 가자며 겨우 현실로 돌아오려던 그때였다.

내 눈을 뒤집어지게 만든 외승지가 하나 있었으니, 그것은 바로 남

7월의 남부 프랑스 시골 풍경. 이런 곳에서 말을 탈 수 있다니!

부 프랑스의 라벤더밭 코스였다! 나는 남부 프랑스 특유의 그 낭만적이고도 아기자기한 시골스러움을 너무나도 좋아한다. 다른 곳과는 다르게 라벤더가 만개하는 7월에만 딱 4번의 기회가 있다는 점도 내가 이성의 끈을 놓아 버리게 하기에 충분했다.

나는 곧 적토마와 같은 추진력으로 문의 메일을 보냈다.

'혼자서 안장을 올리고 내리는 일을 다 할 수 있어야 하고, 말의 세 가지 걸음걸이를 모두 편안하게 할 수 있어야 합니다. 제대로 못 따라오면 가이드가 당신을 버리고 갈 수 있습니다.'

대부분의 유럽 외승지에서 요구하는 승마실력은 이렇게 설명돼 있었다. 우리나라는 보통 기승 횟수로 실력을 가늠하지만 외국은 달랐다. 나중에서야 그 이유를 조금 알 것도 같았는데, 유럽 사람들은 어릴 때부터 생활 스포츠로 승마를 많이 접하기 때문에 기승 횟수를 셀 수 있는 수준이 아니었던 것이다. 이번에 만난 어느 독일인 아주머니는 엄청난 실력자의 아우라를 뿜어내셔서 "진짜 너무 잘 타신다"고 나도 모르게 말을 걸었다. 그랬더니 이런 대답이 돌아왔다.

"저는 한평생 말을 탔거든요."

한평생 말을 탔다니. 그걸 어떻게 '몇 번' 탔는지로 계산할 수 있을까. 뭐 대충 45,732번? 이렇게 말하기도 웃기는 일일 것 같았다.

아무튼, 이번에 파리에서 구보도 많이 해 봤고 7월까지는 시간이 좀 남아 있으니 운명에 맡겨 보자는 생각으로 예약 신청서를 다운받아 열어 보았다. 거기에는 기승 실력을 체크하는 몇 가지 질문이 나열돼 있었다. 하지만 나는 첫 번째 질문에서부터 막히고 말았다.

"Independently하게 말을 탈 수 있습니까?"

내 영어 실력이 어디 가서 부끄러운 정도는 절대 아니다. independently라는 단어의 뜻도 정확하게 알고 있다. '단독으로'. 그런데 저 문장은 도무지 이해가 되지 않았다. 단독으로 말을 탈 수 있냐고요? 그게 뭔데요……?

혹시 내가 모르는 independently의 다른 뜻이 있나 싶어서 영어 사전을 뒤져 보았지만 그런 건 없었다. 조금 고민하다 나는 No라고 답을 썼다. '가이드가 버리고 갈 수 있다'는 경고문이 조금 무섭기도 했고, 어쨌거나 아직까지 한 번도 코치님이나 가이드 없이 온전히 '혼자' 말을 타 본 적은 없었기 때문이었다.

그다음에 이어지는 질문들 역시 나의 답은 No의 연속이었다. 승마와 관련된 자격증이 있는지, 혼자 안장을 올리고 내릴 수 있는지, 몇 박 며칠 동안 이어지는 외승을 가 본 적이 있는지 등등, '그럴 리가 있겠냐'는 생각이 절로 드는 내용 일색이었다. 프로가 아닌 취미로 승마를 즐기는 일반인들 또한 이 정도는 갖추는 게 당연하다는 전제도, 또 누군가는 이런 질문들에 Yes라고 대답할 수 있다는 사실도 모두 매우 당황스러웠다.

예상대로, 나의 예약 신청은 대차게 거절을 당했다. 너는 아직 이 코스로 외승을 갈 수 있는 실력이 아니라는 대답이 돌아왔다. 팩폭을 당한 나는 약간 자존심이 상해서 independently하게 말을 타는 게 무슨 뜻이냐고 물었다.

"가이드가 있건 없건, 말을 마방에서 데려와서 빗질시켜 주고, 안장 올려 주고, 재갈도 물려 주고, 타고 나갔다가 돌아와서 다시 장비들을 다 풀어 주고, 마무리 정리까지 모두 혼자서 할 수 있어야 합니다."

그러면서 대신 초보자들도 갈 수 있는 것이라며 다른 프로그램을 추천했다. 프랑스 알자스 지방으로 가는 일주일간의 산악 승마 코스였다. 남부 프랑스의 라벤더밭에서 그림같이 말을 타는 상상을 한껏 하다 갑자기 다운그레이드가 된 것 같아 솔직히 실망이 컸지만, independently의 정의를 본 나는 순순히 꼬리를 내릴 수밖에 없었다.

그동안 승마장에 말을 타러 갈 때는 저 모든 기승 준비를 코치님들이 해 주셨고, 나는 그걸 당연하게 여겨 왔다. 승마를 시작한 지 반년이 넘도록 한국에서는 단 한 번도 independently하게 말을 타 보지

프랑스 외승 에이전시에서 추천한 초보자 코스인
알자스 벨몽의 승마 학교 Cheval Alsace

못했다. 그럴 기회도 없었지만 아무도 그래야 한다고 알려 주지도 않았다.

유학은커녕 교환학생도 한 번 안 가 본 나는 알자스에서 independently하게 말을 타는 법을 배워 와야겠다고 생각하며, 담당자에게 답장을 보냈다.

"그렇다면 알자스 프로그램으로 신청하겠습니다!"

담당자는 한 달이 지나도록 답장이 없었다. 적토마와 같은 추진력으로 머리보다 가슴이 시키는 결정을 내렸건만, 그런 결단이 무색하게 나의 두 번째 해외 외승 계획은 더 이상 진전이 되지 않았다.

너무 초짜여서 그냥 무시하는 건가 싶었다. 그렇게 며칠이 지나니 서서히 이성이 돌아오며 나는 현실적인 생각을 하기 시작했다. 몇 달

전에 돈도 많이 썼는데 당분간 해외로 외승 가는 꿈은 접어 두고 기승 연습이나 더 열심히 하자. 우리나라에도 외승 갈 데는 많을 거야. 영어도 잘 안 통할 것 같은 알자스 시골 마을에 일주일 동안 혼자 가서 말을 탄다는 건 좀 너무 무한도전스러운 것 같아.

그렇게 현실과 타협하고 있던 어느 날, 한 통의 메일이 도착했다.

알자스 승마 학교를 찾은 최초의 한국인

"너무 늦게 답장을 해서 미안합니다. 그동안 아파서 메일 확인을 못 했어요."

나에게 알자스 외승 프로그램을 추천하고선 한 달 동안 잠수를 탔던 담당자 Laurie는 이렇게 이야기했다. 아팠다는데 뭐라고 할 수도 없고 그냥 속으로 '네가 한국인이었다면 실업급여 받을 준비를 해야 했을 거다'는 생각을 하며, "괜찮습니다. 답장 주셔서 고맙습니다!"라고 영어식의 너스레를 떨었다.

하지만 한 달 전과 한 달 후의 상황은 조금 달라져 있었다. 처음 내가 계획했던 여행 날짜까지 겨우 40일 남짓밖에 남아 있지 않았고, 비행깃값이 그새 두 배로 올라 있었다. 게다가 이제는 가슴보다 머리가 먼저 나섰다. '네가 재벌이냐, 유럽을 1년에 두 번씩 가게?'

그래도 뭔가 이 기회를 놓치면 안 될 것 같다는 예감이 들었다. Laurie는 아직 신청자가 나밖에 없다고 했지만 그럼에도 알자스 승마 학교로부터 예약 오케이를 받아 온 상태였고, 미안해서 그랬는지 어쨌는지 너무나도 빠릿빠릿하게 일을 진전시켜 주고 있었다. 지난번 파리에서 말 타러 갔을 때도 그렇고 이번도 그렇고, 이 동네는 어째서 '최소 출발 인원'이란 개념 없이 이렇게 운영될 수 있는지 의아해하면서, '다음'은 없을지도 모른다며 나는 급히 다시 지름신을 소환했다.

이러다 또 혼자 타는 거 아닌가 걱정했던 것은 기우였다. 알자스에 머무는 일주일 동안 나는 말을 사랑하는 정말 다양한 국적의 사람들을 만날 수 있었다.

승마를 시작하고 처음에는 그저 열정을 바쳐 즐기는 취미가 생겨 기뻤다. 누가 취미가 뭐냐고 물어보면 "승마요!"라고 대답할 수 있어서 뿌듯하고 즐거웠다. 그 생각에 작은 변화가 일어난 것이 바로 지난 파리 여행 때였다.

파리에서 외승을 갔을 때 가장 놀라웠던 점은 도심에서 멀지 않은 근교의 공원에서 사람들이 산책도 하고, 조깅도 하고, 자전거도 타고, ATV도 타고, 또 말도 탄다는 사실이었다. 우리나라로 치면 서울의 한강공원이나 부산의 을숙도 같은 곳에서 말을 탈 수 있다고 상상하면 될 것 같다. 이것이 가능하려면 기승비의 일부가 지역환경 정비에 사용되는 제도적인 부분도 필요하지만, 무엇보다 시민들의 이해와 동의가 바탕이 돼야 한다.

예전보다 많이 나아졌다고 하지만 아직도 우리나라는 동물과 함께 사는 것이 쉽지 않다. 이유를 알 수 없는 눈총을 받아야 하고 갈 수 있는 곳도 제한적이다. 어디 승마장이 생긴다고 하면 냄새 난다고 반대 시위부터 하는 것이 현실이다. 하지만 그런 인식을 무작정 비난할 수도 없다. 유럽에는 유럽식의 문화가 있고, 우리는 우리식의 문화가 있

누군가는 이곳에서 산책을 하고, 자전거를 타고, 또 말을 탄다

는 것이니까.

그래도 유럽의 승마 문화가 부러웠다. 경마 중심으로 말 산업이 성장하면서 아직은 미숙하다는 우리나라 승마 문화를 바꾸는 데 내가 할 수 있는 일이 있다면 하고 싶었다. 이미 긴 가방끈을 가지고 있음에도 불구하고 말 산업 분야로 미국이나 유럽에 유학을 가 볼까, 그런 생각도 했었다. 우리보다 승마가 발달한 나라에 가서 신문물(?)을 배워 와야겠다는 신사유람단 같은 투지가 불타올랐던 것이다.

이번 알자스 여행은 그 첫 단추라고 해도 좋았다. 일주일 동안 내내 말만 타는 여행. 유럽 사람들이 당연하게 생각하는 '몇 박 며칠 동안 이어지는 외승'. 그걸 경험해 볼 기회였다. 그럼 다음에는 예약 신청서의 온갖 질문에도 Yes라고 대답할 수 있는 게 생길 것이고, 라벤더밭도, 오로라 투어도 도전할 수 있을 테다. 지금은 겨우 상상만 해 보는 드넓은 승마의 세계에 발끝이라도 조금 담가 볼 수 있는 차원의 문이 열리려는 참이었다.

알자스까지 가는 여정은 쉽지 않았다. 최종 목적지인 승마 학교는 벨몽(belmont)이라는 산골 마을에 있었고, 그 산골 마을에 가려면 우선 스트라스부르(Strasbourg)란 도시로 가야 했다.

스트라스부르는 대체 어디 붙어 있는 건가 싶어 구글 지도에서 검색을 해 보니 프랑스의 동북쪽, 독일과 국경을 맞대고 있는 지역이었다. 파리보다 독일의 프랑크푸르트와 더 가까웠는데 프랑크푸르트 공항에서 시외버스를 타는 것이 가장 합리적일 것 같았다. 버스를 타고 이동해야 하는 시간은 약 4시간. 인천공항에서 평창 읍내로 가려고 하는 외국인들이 있다면 이런 기분이지 않을까 싶었다.

다음 문제는 스트라스부르에서 벨몽까지 어떻게 가느냐였다. 비행깃값도 두 배로 뛴 마당에 다른 경비를 조금이라도 아끼기 위해 찾아 보니 스트라스부르역에서 기차를 타면 승마 학교에서 20분 거리에 있는 Rothau역까지 갈 수 있었다. 나중에 도착해서야 알았지만 Rothau역은 정말 작고 소박한, 택시는 눈을 씻고 찾아봐도 없고 시내버스는 하루에 두 번 정도 올 것 같은, 그야말로 '시골역'이었다. 거기서부터는 승마 학교의 픽업 서비스를 이용하기로 한 건 참 잘한 결정이었다.

돌아오는 여정은 첩보 작전을 방불케 했다. 다시 스트라스부르에서 시외버스를 타고 프랑크푸르트공항에 도착하면 한국으로 가는 비행기 출발 시간까지 약 2시간 정도밖에 여유가 없었다. 프랑스나 독

무사히 국경을 넘어 도착한 스트라스부르 기차역

일 모두 입국 전에 코로나 검사를 해야 한다는 규정이 진작 없어졌지만 한국은 그렇지 않았다. 여전히 출국 48시간 이내에 받은 음성 확인서가 있어야 했는데, 벨몽의 산골 마을에는 그런 검사를 할 수 있는 곳이 없다는 게 문제였다. 다시 스트라스부르까지 나오거나 해야 했다. 그렇지 않으면 한국행 비행기를 타기 직전 주어진 약 2시간 동안 공항 검사소를 찾아 검사하고, 체크인 카운터로 가서 짐을 부치고, 출국 심사와 몸 검사를 받은 후 출발 게이트까지 가는 방법밖에 없었다.

하루 말 타는 걸 포기할 것이냐, 아니면 2시간 만에 이 모든 걸 해치우는 도박을 해 볼 것이냐, 선택의 기로에서 나는 당연히 후자를 선택했다.

내가 이 프로그램을 예약할 때 신청자가 나 한 사람뿐이었던 건 당연한 일이었다. 내 입장에서야 유럽이라는 곳이 몇 달 전부터 준비를 해야 하는 대단한 여행지지만, 유럽 사람들에게는 평창에 말 타러 가듯, "이번 주말에 알자스로 말이나 타러 갈까?" 할 수 있는 곳이었던 것이다. 반드시 일주일 단위로 있어야 하는 것도 아니었다. 주말에만 잠시 왔다 가는 사람들, 또 지나가다 하루 잠깐 들른 사람들로 알자스의 승마 학교는 지루할 새가 없었다.

그렇게 나는 프랑스 알자스의 아름다운 시골 마을에 위치한, Cheval Alsace 승마 학교를 찾은 첫 번째 한국인이 됐다.

말 타는 데
무슨 말이 필요하죠

Rothau역에 픽업을 나온 아저씨는 영어를 한 마디도 못 하셨다. 분명 홈페이지에 '직원들이 프랑스어와 영어를 할 수 있다'고 설명이 돼 있었지만 사실은 '직원들이 프랑스어를 할 수 있고 간간이 영어를 하는 사람도 있다'가 더 정확한 표현이었다. 나와 똑같은 날짜에 도착해 일주일 동안 함께 머무를 어느 모녀가 있었는데, 다행히 그 애기 엄마가 언어 천재여서 통역사 역할을 해 줬다. Maud라고 자신을 소개한 그녀는 프랑스인이었으며 독일인 남편을 만나 프랑크푸르트 외곽 어딘가에서 살고 있다고 했다.

Cheval Alsace 승마 학교로 향하는 20분의 짧은 시간 동안 Maud는 나와는 영어로, 드라이버 아저씨와는 프랑스어로 언어 패치를 바꿔 가며 끝없이 이야기했다. 그녀가 없었다면 이 시간이 얼마나 어색했을지 상상만 해도 손발이 다 오그라들었다. 파리 여행 이후에 프랑스어를 배우겠다며 야심 차게 온라인 학습지까지 결제했지만 좀 더 열심히 공부해야겠다는 생각만 들었던 시간이었다.

차창 밖에는 깊은 산세와 너른 초지가 펼쳐진 시골 풍경이 펼쳐지고 있었다. 한국과 비슷한 것 같다 싶다가도 연둣빛의 들판과 드문드문 보이는 프랑스 특유의 아기자기한 집들이 여기가 낯선 타지임을 알려 주었다. 도시의 흔적은 더 이상 찾아보기 어려웠다. 안개인지 구름인지 모를 희뿌연 수증기가 나지막히 내려앉아 이곳이 꽤나 고산지대라는 걸 짐작게 했다.

"여기 올 때마다 더 따뜻하게 입을 걸 그랬다고 생각해요."

한평생 말을 타셨다는 독일인 아주머니가 이렇게 말했다. 그 정도로 여길 자주 오시는구나 하는 생각과 함께, 예상보다도 서늘한 날씨에 나 역시 옷을 더 챙기지 않은 걸 후회했다. 6월 초의 알자스는 산속인 데다 우리나라보다 기온이 낮은 프랑스의 날씨 탓인지 '줍다'는 느낌이 자주 들었다.

드라이버 아저씨는 본 건물에서 조금 떨어진 곳에 위치한 숙소 건물에 우리를 내려 주시곤 프랑스어로 뭐라뭐라 긴 설명을 이어 갔고, Maud가 그걸 다시 영어로 나에게 전달했다. 기승 준비와 식사 등등이 이루어지는 본 건물로 갈 때 차를 타고 온 길로 가면 빙 둘러 가게 되니, 숲길을 가로질러 가는 게 좋다는 아주 중요한 정보였다.

그보다 더 중요한 이야기는 식사 시간이었는데, 프랑스 사람들의 저녁 식사가 시작되는 것은 8시로 보통 우리나라 사람들이 밥 먹는 시간보다 좀 늦었다. 재밌는 것은 7시 반부터 식전주 타임이 있다는 거였다. 아페리티프(apéritif), 줄여서 아페로(apéro)라고 불리는데, 식욕을 돋우기 위해 가볍게 한두 잔 마시는 것이다. 핵심은 '가볍게 한두 잔'이다. 나는 일단 마시기 시작하면 끝장을 보는 한국인의 음주 패치를 잠시 내려놓기로 했다. 그럼에도 매번 아페로 때마다 '뱅(vin, 와인)'을 찾으니, 나중에는 영어가 안 되시는 아저씨들도 나만 보면 '뱅?(와인 줄까?)' 이러셨다. 언어의 장벽은 소나무 같은 나의 알코올 취향 앞에서 조금씩 허물어졌다.

그러고 보니 이 승마 학교 프로그램에는 삼시 세끼와 '알코올'이 포함돼 있다고 설명이 나와 있었다. 와인은 달라는 대로 나오고 맥주는 아예 생맥주 기계가 식당 한편에 있어서 원하는 사람은 물처럼(?) 마시곤 했다. 아페로는 점심 먹기 전에도 있지만 오후에 또 말 타러 나가야 하기 때문에 당연히 취할 때까지 마시지 않는다. 한편 저녁 식사 때는 아페로로 시작해 레드와인까지 Cheval Alsace의 알코올 무제한 라인업이 이어졌다. 하지만 이곳에 한국인이 두 번만 왔다 갔다간 이 알코올 무한 리필 서비스가 사라질지도 모르겠다고 생각하며, 나도 그들처럼 적당히 한두 잔만 즐겨 보기로 했다.

"*Bonjour!* 저는 Marco입니다."

Cheval Alsace에서의 첫날 저녁, 포스가 남다른 아저씨 한 분이 아페로 타임 중에 나타나 반갑게 악수를 청했다. 이곳의 사장님인 Marco였다. 약간 장발의 곱슬머리가 인상적이고 깊게 파인 브이넥 티셔츠를 즐겨 입는 분이었다. Marco 아저씨는 영어를 하나도 못 하셨지만 90마리의 말을 데리고 있는 승마장 주인다운 넉살과 친화력으로 금세 저녁 테이블을 장악하셨다. 나와는 제대로 된 대화를 거의 나눌 수 없었으나 나는 매 식사 때마다 와인을 찾는 한국인으로서 Marco 아저씨의 관심을 한 몸에 받았다. 레드와인은 늘 Marco 아저씨가 갖고 오셔서 "와인 마실 사람?" 하고 물으셨는데, 나중에는 묻지도 따지지도 않고 내 잔을 채워 주시며 인자한 미소를 날리셨다. 공짜 술을 많이 마시는 손님이 사장 입장에선 그다지 반갑지 않을 텐데 프랑스에서 와인을 좋아하는 사람은 '뭘 좀 아는 사람' 범주에 들어가는 것 같았다.

외승 가이드인 Petrick 아저씨는 영어를 조금은 할 줄 아셨지만 사실 레슨받는 것도 아니고 말 타고 트레킹하는 데 필요한 단어는 많지 않았다. 심지어 불어로 말씀하셔도 무슨 이야기를 하시는지 대충 알 수 있었다. "어깨 뒤로 하고 뒤꿈치 내리세요"는 전 세계 어떤 언어로 하든 알아들을 수 있지 않을까 싶다. 그중에서도 가장 많이 들은 불어는 단연 "Aller!(가자!)"였다. 어딜 가나 초보자들이 겪는 가장 큰 난관은 말을 보내는 것인지, Petrick 아저씨는 끊임없이 Aller를 외쳐 대셔야 했다.

　Cheval Alsace에 온 지 3일쯤 지난 어느 날, 오전 기승을 마치고 아페로 타임을 즐기러 식당으로 갔다. 그날은 Petrick 아저씨가 친절하게도 나의 와인을 직접 챙겨 주셨다. 주방에서 와인을 따르고 있자 Marco 아저씨가 다가와 두 분이서 불어로 뭐라뭐라 대화를 나누기 시작하셨다. 내가 알아들은 건 단 한 단어, coréenne(한국인)뿐이었지만, 두 아저씨의 표정을 보니 대충 무슨 대화를 하시는지 알고도 남았다.

　"이거 네가 마시게?"

　"아니, 손님 갖다주려고."

　"아, 그 한국인?"

　Cheval Alsace의 또 다른 매력은 바로 매 끼니마다 정성스럽게 준비돼 나오는 갖가지 신선한 음식들이었다. 나는 치즈에서 '신선함'을 느낄 수 있다는 걸 알자스에서 처음 알았다. 그 모든 식사를 준비해 주시는 요리사 아저씨가 있었는데, 음식 솜씨가 정말 기가 막히셨다. 이분 역시 영어를 한 마디도 못 하셔서 처음에는 Maud가 음식에 대한 아저씨의 설명을 전부 다 통역해 줬다. Maud가 언어 천재이기도 했지만 말하는 걸 너무 좋아하는 사람이라 진짜 다행이었다.

　식사를 거의 다 마칠 때가 되면 요리사 아저씨가 다시 한번 등장해 "오늘의 디저트는…"으로 시작되는 스피치를 시작하셨다. 프랑스인들에게 디저트는 선택이 아니라 필수였다. Maud의 딸은 밥 먹다 피곤해서 꾸벅꾸벅 졸다가도 디저트 먹고 가겠다며 끝까지 버티고 앉아 있곤 했다. "프랑스인들에게 식사를 대충 한다는 건 있을 수 없는 일"이라는 게 Maud의 설명이었다.

알자스를 떠나올 때쯤 나는 프랑스의 디저트 이름 정도는 거의 다 알아들을 수 있는 수준이 됐다. (사실 원래 디저트 이름은 불어가 많긴 하지만) 실컷 말 타고 맛있는 것 먹고 또 실컷 말 타는 여행을 하는 데 언어의 장벽은 아무런 문제가 되지 않았다.

말은
렌터카가 아니니까요

Cheval Alsace의 하루 일과는 단순했다. 아침을 먹고 오전 기승을 다녀오면 말에게 밥을 먹이고 사람들도 밥을 먹는다. 아무리 바빠도 빼먹을 수 없는 아페로부터 시작해 디저트까지 1시간이 훌쩍 넘게 점심 식사를 즐기고 나면 어느새 오후 기승 시간이다. 다시 기승 준비하고 두어 시간 외승을 돌고 들어와서 말 밥을 챙겨 준다. 저녁 아페로 전까지 약간 여유가 있어, 이때 잠시 숙소로 돌아가 하루 종일 뒤집어쓴 흙먼지를 씻어 내고 따뜻한 물로 몸을 좀 데울 수 있다. 요리사 아저씨의 풀코스 서빙에 이어 Marco 아저씨가 준비한 와인 셀렉션까지 넉넉히 저녁 시간을 보내고, 10시를 전후로 기절 모드에 들어간다.

물론 이 일과를 모두 소화하지 않는, 혹은 못하는 사람들도 많았다. 50대 초반 정도로 보였던 네덜란드 아주머니, 아저씨 부부는 첫날 오전 기승 후에 아주머니가 몸살이 나는 바람에 두 분 모두 그다음 날 오후가 돼서야 비로소 식당에 나타났다. Maud 역시 어쩔 때는 본인이 컨디션이 나빠서, 또 어쩔 때는 딸이 피곤해서 하루에 한 번 정도만 외승에 참여했다. 내가 머물렀던 일주일 동안 저 일정을 전부 다 따라다닌 건 내가 유일했다.

그렇게 말을 타고 나면 식사 시간에 정말 평소보다 두 배는 많이 먹는 나 자신을 발견할 수 있었다. 그럴 때마다 네덜란드 아주머니는 '이 작고 어린 (유럽인들에게 아시아인은 다 이렇게 보이나 보다) 우리 Asian girl은 그 음식이 다 어디로 들어가냐'며 신기해하셨다.

비록 단순한 일과지만, 노동량은 결코 단순하지 않았다. 나는 이 승마장에서 우아하게 말만 탄 게 아니라 '체험 삶의 현장'을 방불케 하는 노동을 해야 했다. 말 한 마리를 independently하게 타는 데 필요한 건 기승 횟수가 아니라 일단 체력이었다.

느지막이 8시 반쯤부터 아침 식사를 하고 각자 오늘 탈 말을 정한다. 대개는 전날 탔던 말을 계속 타지만 한두 번 다른 말을 탈 기회가 생기기도 했다. 그러고 나면 본 건물 뒤편의 방목장으로 가 열심히 건초를 잡숫고 있는 내 말을 찾아서 굴레를 씌우고 데려 나와야 한다. 한창 식사에 열중해 있다가 머리에 굴레가 씌워지면 어쩐지 실망하는 기색이 느껴져 괜히 미안한 마음이 들었다. 외승 나가서 신선한 풀 많이 뜯어 먹자고 어르고 달래 방목장에서 데리고 나오면, 본격적인 기승 준비가 시작된다.

사람들은 저마다의 속도로 각종 도구들이 쌓여 있는 바구니에서 솔을 하나씩 챙겨 들고 말을 빗겨 주기 시작했다. 이제 겨우 세 번째 말을 탄다는 네덜란드 부부도, 아직 초등학교도 안 들어간 Maud의 딸도 익숙한 듯 빗질을 했다. 눈치껏 따라 하고 나니 이번에는 한쪽 끝엔 뭉툭한 꼬챙이가, 다른 한쪽 끝엔 작은 솔이 달린 무언가로 발굽에

끼여 있는 진흙이나 돌을 빼 줄 차례였다. 말로만 듣던 '말굽 파기'였다. 말굽을 파는 건 둘째 치고 일단 말의 다리를 들어 올리는 것부터가 난관이었다.

"*Good boy!* 너는 진짜 착한 말이구나! 고마워."

말이 다리를 들어 주면 폭풍 칭찬을 하며 서둘러 말굽을 청소하고 신발을 신긴다. 여기까지 하고 나면 본격적으로 말을 타기도 전에 기진맥진이 됐다. 애를 키운다는 게 이런 기분일까. '내가 너의 발을 청소해 주는데 네가 나한테 고마워해야지, 왜 내가 너한테 고마워해야 하니'라는 생각을 했지만 고집스레 버티고 서 있다가 어쩌다 다리를 한번 들어 주면 세상에 그게 그렇게 고맙고 이쁠 수가 없었다.

거기에 비하면 재킹(*안장을 올리기 전 말 등에 까는 두툼한 천)과 안장을 올리는 건 일도 아니었다. 안장과 재갈, 신발 모두 그 말한테 맞는 것들이 정해져 있어서 잘 찾아서 가지고 와야 했지만 장비마다 말의 이름과 번호가 다 쓰여 있었기 때문에 어렵지 않았다. 그중에서 재갈은 마지막까지 대기하고 있다가 다들 준비가 끝난 것 같은 분위기가 되면 그제야 물렸다. 아마도 말이 가장 민감해하고 또 불편해하는 장비라 그런 것이라 생각했다.

두어 시간 트래킹을 다녀오고 나면 다시 한번 노동 타임이 시작된다. 풀도 마음대로 못 먹게 하는데 나를 등에 업고 걷기도 뛰기도 해 줬으니 이제 내가 서비스를 해 줄 차례였다. 가장 불편했을 재갈부터 빼 주고 깨끗한 물에 정성껏 씻어 다시 더러워지지 않도록 잘 널어 둔 다음, 아까와는 반대 순서대로 장비들을 풀어 준다. 말굽도 필요하면 한 번 더 청소해 주고 (말굽이 깨끗하면 그렇게 기쁠 수가 없다!) 말 밥을

말굽 파는 여인들

챙기러 간다. 목마르다고 투정 부리면 물도 떠다 줬다. 또 한 번 기진
맥진한 상태가 되어 말의 식사가 끝날 때를 기다리는데, 열심히 코를
박고 밥통 바닥을 뚫을 기세로 싹싹 긁어 먹는 모습이 그렇게 귀여울
수가 없다.

다시 방목장에 넣어 주면 뒤도 안 돌아보고 친구들이 옹기종기 모
여 건초를 먹고 있는 곳으로 뛰어가는 녀석을 물끄러미 바라보면서,
역시 애를 키우면 이런 기분일 거라는 상상을 했다.

그 전까지 나는 말 위에 올라가서 글자 그대로 '탈 줄만' 알았지, 승
마의 'ㅅ'도 제대로 안다고 할 수 없었다. 기승 시간 5분 전에 승마장에
도착해 감독님이나 코치님들이 다 준비해 주신 말 등에 잠시 앉아 이

것저것 시도해 보다가, 정해진 시간이 끝나면 내려서 다시 감독님과 코치님들께 말을 넘겨주면 끝이었다. 내 이야기를 들은 네덜란드 아저씨는 이런 감상평을 내놓으셨다.

"한국에서 말 타는 건 렌터카 빌리는 것 같네요."

한국의 승마장에서 있었던 일이다. 기승을 마치고 말을 수장대에 매어 놓았는데 얘가 자꾸만 발로 바닥을 구르는 것이었다. 뭔가를 요구하는 게 있을 때 하는 행동이란 건 알고 있었지만 정작 그래서 뭘 원하는 건지는 당최 알 길이 없었다. 왜 그러냐고 물어봐도 녀석이 대답해 줄 리는 없고, 답답하다는 듯 점점 더 신경질적으로 발을 구르기 시작했다.

"복대(*안장을 고정하기 위해 말의 배에 두르는 벨트. 보통 기승 직전에 아주 타이트하게 조여 맨다.) **풀어 달라고 이러는 거야."**

갓난아기의 울음소리를 구분하는 엄마처럼, 감독님은 단번에 이 보디랭귀지의 의미를 이해하셨다. 복대가 그렇게 불편한 것이란 걸 그날 처음 안 나는 그다음부터 말에서 내려오면 꼭 복대를 한두 칸이라도 풀어 주기 시작했다. 그게 그나마 내가 말을 렌터카처럼 대하지 않으려 할 수 있었던 유일한 일이었다.

알자스 승마 학교에서는 같은 말을 오전, 오후 계속 타더라도 한 타임 외승을 다녀오면 반드시 모든 장비를 다 풀어 주고 빗질을 해 줬다. 하루에 두 번씩 안장을 들고 날랐더니 처음에는 무거워서 제대로 들지도 못했는데 나중엔 그 무게가 익숙해지기 시작했다. 기승 후에

홀가분히 점심 식사 중인 나의 외승 파트너, 바케호

안장과 재킹을 벗겨 내고 나면 결코 덥지 않은 알자스 숲속의 날씨에
도 말의 등은 땀으로 젖어 있기 일쑤였다.

하루는 아예 점심 도시락을 싸 들고 나가 하루 종일 돌아다니고 온
날도 있었는데, 1시간 남짓의 점심시간에도 어김없이 굴레를 제외한
모든 장비를 풀어 주었다. 유독 먹성이 좋았던 내 말은 무아지경으로
풀을 뜯어 먹다 줄을 매어 놓은 나뭇가지를 몇 번이나 부러뜨렸다. 나
는 샌드위치를 먹다 말고 뛰어가서 꼬일 대로 꼬인 줄을 풀어 주고 다
시 적당한 나뭇가지를 찾아 묶어 주길 반복하면서 또 이렇게 생각했
다.

확실히, 애를 키우면 이런 기분일 것 같다고.

낙마에 대하여

바케호(Backero)는 알자스 승마 학교에 머무는 동안 가장 많이 탔던 말이었다. 아이리쉬콥과 아이슬란딕의 교배종이라는 바케호는 전체적으로 검은 털의 코트를 가지고 있었는데, 등 가운데와 한쪽 갈기 그리고 발목에 하얀 털이 섞여 있는 게 특징이었다. 처음에는 비슷한 무늬를 가진 말들이 많아서 구분하기가 어려웠지만 며칠 함께하다 보니 바케호의 무늬뿐만 아니라 몸집이며 눈빛(?)도 알아보는 사이가 됐다.

두 번째로 바케호를 타기로 한 날이었다. 그날은 Petrick 아저씨가 내가 탈 말을 방목장에서 직접 데리고 나와 주셨다. '네가 어제 탔던 바케호'라며 나에게 말을 건네주셨지만 어쩐지 처음 봤을 때와 느낌이 조금 다르다고 생각했다. 그렇긴 해도 흰 털과 검은 털이 섞여 있고 무늬도 얼추 비슷해 보여서 그러려니 하고 말았다. 무엇보다 Petrick 아저씨가 데리고 나오신 거니 내가 뭘 착각했겠지 하며 대수롭지 않게 넘겼다.

그게 바로 내가 그날 한 첫 번째 실수였다.

굴레 가지고 말 데리러 가는 것부터 기승자의 몫!

뭔가 이상하다고 느낀 것은 복대를 채우면서였다. 끙끙거리며 간신히 해냈던 전날과 달리 너무 쉽게 벨트가 올라갔다. 그런데도 나는 '복대 채우는 실력이 그새 늘었나?'라며 또 엄청난 착각만을 하고 있었다.

"신발이 안 맞는데? 이거 바케호 것 맞아요? Are you sure?"

Petrick 아저씨가 신발 신기는 것을 도와주러 오셔서는 사이즈가 맞지 않는다고 내게 물었다. 나는 분명 바케호의 이름과 번호가 쓰여 있는 고리에서 제대로 장비를 가져왔다고 확신했다. 바케호가 착용했던 재갈과 신발을 어제 그곳에 다시 걸어 둔 것도 나였다. 나는 당연히 sure하다고 대답했다.

고개를 갸웃거리며 다른 아저씨들과 한참 이야기를 하다 돌아온

일주일 동안 내 말 남친이었던 바케호. 약간 멍한 듯한 눈빛이 매력 포인트다

Petrick 아저씨는 아니나 다를까 얘는 바케호가 아니라고 했다. 그제야 그날 계속 엄습했던 이상한 느낌이 퍼즐 맞춰지듯 다 설명되는 것 같았다. 바케호보다 몸집이 약간 작았고 비슷하다고 생각했지만 무늬도 미묘하게 다른 그녀의 이름은 장고(Django)였다. 나이가 조금 어린데 괜찮겠냐는 Petrick 아저씨의 질문에 나는 무슨 배짱인지 좋다고 대답했다. 사실 바케호를 찾아 나와서 다시 처음부터 기승 준비를 하는 게 귀찮은 마음이 컸다.

보슬비가 간간이 온 탓에 외승길은 조금 질퍽거렸다. 나는 어제 탔던 말도 구분 못 한 주제에 다른 초보자들보다 말 타는 실력은 조금 낫다는 이유로 얼떨결에 선두에 서게 됐다. 내 뒤로 네덜란드 아주머니, 아저씨가 따라왔고 Petrick 아저씨는 맨 뒤에 자리를 잡았다.

말을 몇 번 안 탄 참가자들이 많아서 거의 평보로만 다녔던 탓인지 나는 긴장을 많이 놓고 있었다. 유럽 사람들 사이에서도 내 기승 실력이 그렇게 부끄러운 수준은 아니라는 사실에 약간 자만했던 것도 사실이다. 전날 탔던 바케호가 추진을 넣는 대로 우직하게 가기도 잘 가고 예민하게 굴지도 않아서 내 실력에 약간 착시효과가 있었던 것 같기도 하다.

하지만 장고는 달랐다.

그 일은 정말 순식간에 일어났다. 빗물에 약간 진흙탕이 된 길에서 장고는 발이 미끄러져 순간적으로 균형을 잃었고, 나 역시 몸이 기울어지는 걸 느꼈다. 그때였다. 장고가 갑자기 움찔하며 놀라더니 옆으로 난 숲길로 냅다 뛰기 시작했다. 나는 장고가 놀라면서 몸을 푸드덕대던 순간 말에서 떨어지고 말았다. 낙마였다.

낙마를 했을 때 주의 사항은, 첫째도 둘째도 '고삐를 놓지 않는 것'이라고 배웠다. 그래야 나도 덜 다치고 말이 멀리 도망가는 걸 막을 수 있다고 했다. 고삐는 생명 줄이라는 표현까지 있을 정도다. 장고의 등에서 떨어지는 게 확정되는 순간부터 나는 필사적으로 고삐를 잡았다. 그런데 장고는 그러거나 말거나 고삐를 잡고 있는 나를 끌고 가면서 뜀박질을 멈추지 않았다. 그렇게 몇 미터를 장고에게 딸려 가던 나는 도저히 더 이상은 안 되겠다는 생각에 고삐를 놓아 버리고 말았다.

놀란 Petrick 아저씨가 뒤쫓아 왔을 때 이미 장고는 시야에서 사라지고 난 후였다. 아저씨는 일단 내가 크게 다치지 않은 걸 확인하신 후부터는 장고의 행방을 걱정하기 시작하셨다. 나는 내가 고삐를 놓치

나의 낙마를 직관하신 네덜란드 아주머니, 아저씨 부부

지 않았으면 장고를 잃어버리지 않았을 텐데 싶어 초조한 마음이 들었다. 나중에 나의 낙마담을 들은 사람들 사이에서는 그 순간에 고삐를 계속 잡고 있었어야 했는지에 대해 의견이 분분했지만, 어쨌거나 내가 고삐를 놓는 바람에 장고가 도망가 버린 건 사실이었다.

　네덜란드 아주머니, 아저씨가 기다리고 있는 자리로 돌아오니 저 멀리 뒤에서 말 한 마리가 보였다. 장고였다. 그녀는 무슨 일이 있었냐는 듯 태연하게 풀을 뜯어 먹고 있었다. 네덜란드 아주머니는 알고 보니 의사였는데, 내가 가슴에 통증이 조금 있다고 하자 숨을 마시고 내 뱉을 때 특별히 더 아프거나 어려운 게 아니라면 괜찮은 거라고 안심시켜 주셨다. (사실 네덜란드는 죽기 직전이 아니면 수술도 잘 안 하는 진료 풍토(?)가 있다고 한다.)

그렇게 짧고도 길었던 낙마의 순간이 지나가고, 나는 다시 장고의 등에 올라 무사히 그날의 기승을 마쳤다.

이전까지 나의 낙마 이력은 총 세 번이었다. 그중에서 말이 잘못한 경우는 단 한 번도 없었다. 전부 다 내가 균형을 제대로 못 잡은 탓이었다. 이번에 장고가 갑자기 놀라면서 튀어 나갔던 건 확실하지 않지만 토끼 같은 무언가를 봤기 때문이라고 다들 짐작했다. 바케호와 달리 경험이 많지 않아서 더 쉽게 놀랄 수 있다는 것도 이번 낙마의 이유라면 이유였다. 비 때문에 미끄러워진 길도 한 몫 했다.

그렇다고 이번 낙마가 장고의 잘못이라고 할 수는 없었다. 혹은 바케호가 아닌 장고를 데리고 나온 Petrick 아저씨의 잘못도 아니다. 따지자면 다른 말을 데리고 나온 Petrick 아저씨보다 어제 탔던 말을 못 알아본 내 잘못이 더 컸다. 자신이 없으면 나는 장고를 타지 말았어야 했고, 선두에 서지 않았어야 했다.

한평생 말을 타신 독일인 아주머니가 나의 낙마 스토리를 듣고선 한마디로 정리해 주셨다.

"그것도 승마의 일부죠."

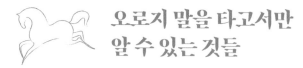

오로지 말을 타고서만
알 수 있는 것들

알자스에서의 마지막 날에는 체력과 실력이 조금 되시는 프랑스인 부녀가 Cheval Alsace를 찾아왔다. 그들과 나, 그리고 Petrick 아저씨 이렇게 네 사람은 점심 도시락을 싸 들고 오후까지 이어지는 긴 코스를 가기로 했다. 각자 취향껏 만든 샌드위치와 물을 챙기고, Petrick 아저씨는 말 밥을 담은 주머니를 가져와 바케호 등에 얹혀 주셨다. 나는 바케호에게 줄 사과도 몇 알 함께 주머니에 넣었다.

중간중간 구보도 여러 번 하면서 우리는 꽤 먼 거리를 달렸다. 언제 여기를 다시 올 수 있을까 하는 마음에 나는 풍경 한 장면 한 장면을 눈에 꼭꼭 담아 가려 애썼다. 그날은 날씨가 유독 좋았다. 비 오고 흐린 날의 알자스도 아름다웠지만, 화창한 하늘을 배경으로 펼쳐지는 초원과 산세는 비현실적이게 느껴질 정도로 눈부셨다. 일주일 동안 그렇게 말만 탔는데도 오늘이 마지막이라는 사실이 떠오를 때마다 지금 바케호와 내딛는 한 걸음 한 걸음이 아쉽기 그지없었다.

저녁 메뉴로는 요리사 아저씨가 직접 화덕에 구운 피자와 스테이크에 이어, 손수 만드신 티라미수가 디저트로 나왔다. 살면서 먹어 본 최고의 티라미수였다. 나는 다음 날 아침 일찍 떠나야 하는 탓에 승마장 사람들과 마지막 작별 인사를 나눴다. 다음번엔 남자친구와 함께 오겠다는 내 말에 Marco 아저씨는 '그럼 그 남자친구한테 여자를 소개시켜 주겠다'며 호탕하게 웃으셨다. 피곤하면 먹으려고 챙겨 왔던 홍삼을 아저씨들에게 선물로 드리면서 '건강에 좋은 것'이라고 설명했더니 그걸 어떻게 이해한 건지 "쓸데도 없는데(?) 이거 먹어서 뭐 하냐"고 말은 그렇게 하면서도 입이 귀에 걸리셨다. 프랑스 아저씨들의 농담에 아쉬운 이별의 장은 눈물이 아닌 웃음으로 가득 찼다.

저녁 식사를 마치고 숙소 건물로 돌아가던 길, 방목장에서 역시나 또 친구들과 신나게 건초를 먹고 있는 바케호가 보였다. 한 번 더 작별 인사를 하고 싶어서 열심히 이름을 불러 봤지만 바케호는 통 이쪽을 바라보지 않았다.

첫 외승 때, 그러니까 파리의 베르사유 공원에서 부티를 탔을 때는 바람을 가르고 달리는 속도감에 흥분했었던 것 같다. 그 기분은 마치 운전을 처음 배우고 고속도로를 질주하며 느낀 쾌감과 비슷했다. 이래서 사람들이 오토바이 같은 것에 빠지나 보다 싶다.

물론 승마에는 자동차나 오토바이를 운전하는 것과 결정적으로 다른 점이 한 가지 있다. 말이라는, 살아 있는 동물과 호흡을 맞추고 소통해야 한다는 것. 그래야 걸을 수도, 달릴 수도 있다는 것. 액셀을 밟으면 밟는 대로 나가고 브레이크를 밟으면 서는 기계장치를 대할 때는 느낄 수 없는 아날로그적인 밀당의 매력이 있다. 그 밀당에 성공해서 말과 한 몸이 된 듯이 달려 나가는 순간에는 단순히 자동차 액셀을 밟아서 스피드를 올리는 것과 차원이 다른 희열이 느껴진다. 그 하이라이트가 바로 구보이고, 외승을 가는 이유이기도 했다. 동호회 사람들도 외승을 갈 때면 구보를 할 수 있느냐 없느냐, 하면 얼마나 할 것이냐가 늘 화젯거리였다.

그런데 Cheval Alsace에 와 보니 저마다 실력이 가지각색인 탓에 생각만큼 구보를 할 수 없어서 아쉬운 마음이 자주 들었던 게 사실이다. 구보는커녕 속보도 몇 번 할 기회가 없었다. 첫날은 속보를 조금 하자마자 Maud의 딸이 울음을 터뜨리고 말았다. 그 뒤로 이들이 함께할 때면 오로지 평보, 평보, 평보뿐이었다. 이렇게 2시간 내내 말 타고 걷기만 하는데 이 사람들은 무슨 재미로 외승을 가는 걸까 싶었다.

평보만 계속 하다 보니 긴장도 풀어지고(그러다 낙마하긴 했지만), 뒤에 처지는 사람들을 기다리면서 바케호가 신나게 풀을 뜯어 먹는 동안 나는 주변 풍경을 보는 시간이 많아졌다. 이곳의 자연은 참 아름다웠다. 군더더기 없이 있는 그대로의, 인간의 능력을 한참 넘어서는 경이로움이 알자스 언덕에 내려앉아 있었다. 바케호와 함께 걸으면서 나는 이 자연 속에 구석구석 깊은 곳까지 온전히 녹아들어 갔다.

만약에 여길 걸어서 왔다면 어땠을까. 아마 무지하게 힘들고 지루하지 않았을까. 한편 자동차나 자전거는 다닐 수 있는 범위에 한계가 있다. 그 한계를 넓히려면 자연에 인공적인 위해를 가해야 한다. 산을 깎아서 평평한 도로를 만들어야 하고, 포장도 해야 하며, 주차장 같은 시설도 필요해진다. 하지만 말에게 필요한 건 원래의 부드러운 흙길뿐이다. 거기에 신선한 풀이 곁들여진다면 더 바랄 게 없다.

Cheval Alsace에서 일주일을 보낸 후, 나는 구보가 외승의 전부는

바케호와 함께한 알자스 벨몽의 아름다운 자연

아니란 생각을 하게 됐다. 사람이 조금 빠르게 걷는 것과 비슷한 속도를 가진 말의 걸음걸이 덕분에 누릴 수 있는 것은 상상 이상으로 많았다.

이곳의 말과 환경에 조금 익숙해지고 나서는 평보나 속보만 하는 사람들 사이에서도 나름대로 구보를 할 수 있는 방법을 터득하게 됐다. 그건 한평생 말을 타셨다는 독일인 아주머니의 노하우였다. 이제 겨우 대여섯 살 정도 돼 보이는 아주머니의 아들이 구보하고 싶다고 칭얼거리자, 아주머니는 Petrick 아저씨와 잠깐의 협상을 하더니 일행과 거리를 두고 떨어지기 시작했다. 아주머니네 가족들만 따로 가려는 건가 했는데 잠시 후 괴성(?)을 지르며 아주머니의 아들이 말을 타고 달려오는 게 보였다. 구보를 할 만한 거리를 만들기 위해 일부러 뒤에 멈춰 서 있었던 것이었다. 아주머니의 아들은 만족스럽다는 듯 자지러지게 웃어 댔다.

Petrick 아저씨는 나도 구보를 하고 싶어 한다는 걸 눈치채고 이 독일식의 '초보자들 사이에서 구보하기'를 해 보라고 이야기하셨다. 나는 달려 나가려는 바케호를 최대한 멈춰 세우고 걸음을 늦추어서 앞사람들과의 거리를 넓혀 보았다. 앞의 말들이 시야에서 사라지자 바케호가 안절부절못하는 게 느껴졌다. 고삐 잡은 힘을 살짝 푸는 순간, 바케호는 마치 대포알처럼 튀어 나갔다. 약간 위험한 방법이 아닐까 싶었지만 이곳 승마장 사람들은 아랑곳하지 않았다. 여기는 장애물 레슨도 통나무 놓고 하는 곳이었다.(*일반적으로 승마경기에서 볼 수 있는, 건드리면 떨어지는 형태의 장애물보다 통나무처럼 고정돼 있는 장애물이 훨씬 위험하다고 한다.)

이제 'independently하게 말을 타는 법'을 배우고 구보에 대한 두려움과 집착에서 어느 정도 해방된 내 앞에는 정말 무궁무진한 외승의 세계가 펼쳐져 있었다. 내년에는 이번에 거절당한 라벤더밭 코스에도 도전할 수 있을지 모른다. 겨울이면 아이슬란드에서 오로라를 보러 갈 수도 있고, 그토록 가고 싶었던 남미의 마추픽추 유적지에도 외승 코스가 있었다. 일본에서는 너무 더워서 외승이 힘든 한여름이면 말과 함께 수영을 하는 프로그램도 운영된다. 한 번 가 봤던 곳이나 걸어서 가기에는 너무 힘들 것 같은 관광지도 말을 타고서라면 거칠 것이 없었다.

이곳 Cheval Alsace에 다시 오는 것도 좋을 것 같았다. 일주일 동

마지막 날 저녁의 눈부셨던 석양

안 다녔던 코스 중에는 스키장처럼 보이는 장소도 있었다. 시즌이 아닐 때는 말들의 방목장으로 쓰이는 모양이었지만 틀림없는 스키장이었다. 그만큼 눈이 많이 오는 지역인 것 같아, 혹시나 하는 마음에 겨울에도 말을 탈 수 있냐고 물었더니 Petrick 아저씨가 이렇게 대답하셨다.

"말들은 눈밭에서 더 신나게 달려요."

한국으로 돌아가는 날, 아침 7시에 예약한 택시가 Cheval Alsace 본 건물 앞에 도착해 있었다. 너무 이른 시간이라 올 때처럼 픽업 서비스를 이용할 수가 없어서 부른 택시였다. 택시는 눈 깜짝할 사이에 나를 스트라스부르의 시외버스 정류장으로 데려갔다. 창밖의 풍경은 빠른 속도로 변했다. 바케호와 함께 느긋하게 즐겼던 알자스의 숲은 마치 꿈에서 깨어나듯 희미하게 스쳐 지나가 버렸고, 어느새 나는 도시의 한복판에 도착해 있었다.

승마 꿀TIP_
해외로 외승 여행을 가고 싶다면
어디서 알아봐야 할까?

해외로 외승 여행을 가고 싶다면 두 가지를 점검해야 한다.

우선 자신의 여행 레벨. 웬만큼 영어가 되고 낯선 사람들 무리에 홀로 섞여 있어도 잘 동화될 수 있다면 이용해 볼 만한 외국의 외승 에이전시들이 많다. 너무 전 세계 모든 나라를 다 망라하는 곳 말고 특정 국가나 지역 단위로 나눠 놓은 곳의 가격이 좀 더 현실적이다. 영어로 웹사이트를 만들어 놓을 정도면 영어권이 아니더라도 말이 아예 안 통하진 않겠지만, 말이 잘 안 통하더라도 말 타는 데는 큰 무리가 없다. 한편 아직 자유여행이 두렵거나 경험이 많지 않다면 몽골부터 도전해 보길 추천한다. 몽골은 우리나라에서도 취급하는 에이전시가 많고 한국어를 잘하는 가이드도 많아서 여행 준비에 도움을 받기가 쉽다.

두 번째는 당연하게도, 승마 레벨. 말을 잘 탈수록 선택의 폭은 상상 이상으로 넓어진다. 어떤 외승지들은 승마 수준을 보는 기준이 우리나라보다 월등히 높고 까다로워서 웬만해선 참가 허가를 받기도 어렵다. 하지만 최소한 이 책에서 소개하는 해외 외승지들은 3개월 이상

꾸준히 말을 탔다면 충분히 다녀올 수 있는 곳들이니, 도전하는 마음
과 지름신(?)만 추가로 더 준비하면 된다.

제5장

1년 차

장애물을 배우기 시작했습니다

No one can teach riding so well as a horse.

그 어떤 사람도 말보다 승마를 잘 가르칠 수는 없다.

- C.S. Lewis

승마계의 FAQ

"최종 목표가 어떻게 되세요?"

승마를 시작하고 세 명의 코치님들로부터 이런 질문을 받았다. 그냥 취미로 타는 건데 왜 그런 걸 묻는지 의아했지만 세 번을 연달아 같은 질문을 받으니 이건 승마계의 FAQ인가 싶었다. 내가 얼른 대답을 하지 못하고 머뭇거리면 객관식 보기를 몇 가지 주시곤 했다. 마장마술이냐 장애물이냐가 대표적인 선택지였지만 올림픽 나갈 것도 아닌데 그런 게 목표가 될 수 있는 건지 그다지 와닿지가 않았다.

이런 질문을 자꾸 하는 이유는 내가 얼마나 꾸준히 말을 타러 올 사람인지 가늠하기 위해서였던 것 같다. 모든 스포츠가 다 그렇겠지만 목표가 있어야 그만큼, 딱 그만큼의 동기부여가 된다. 내 주변에서만 봐도 외승 가서 적당히 구보를 할 수 있는 정도가 되면 만족하는 사람도 있고, 자격증이나 생활체육대회를 목표로 개인 레슨까지 받는 사람도 있었다.

나는 어디까지 말을 타고 싶은 걸까. 반복되는 질문에 한번 진지하게 생각을 해 보게 됐다.

이건 또 새로운 외승의 경험이었다! 말 엉덩이 위에서 잠들기

승마를 시작하고 처음 몇 달은 '외승'이 동기부여의 엄청난 밑천이었다. 파리 여행에서 외승을 가기 위해 승마장 문턱이 닳도록 다녔으니 말이다. 외승은 사람들이 이야기하는 '최종 목표'의 흔한 선택지 중하나이기도 했다. 마장을 벗어나 자연 속을 말과 함께 달리는 것은 승린이 시절 상상만 해도 가슴이 웅장해지는 아름다운 그림이지 않았던가.

외승을 다녀오면 자세가 무너진다고들 했다. 외승 후에는 승마장에서 다시 자세를 가다듬어야 한다는 게 승마인들 사이의 불문율이다. 나 역시 아닐 줄 알았는데 외승 갔다 오더니 예쁜 자세 다 버려 놨다며(?) 폭풍 잔소리를 들었다. 승마장에 사람이 별로 없는 야간 타임에 갔을 때는 원형 마장에서 다시 자세 수정을 받기도 했다. 그렇게 기승 횟수가 쌓여 속보든 구보든 조금씩 더 편안하게 말을 탈 수 있게 되면 다음 번 외승 때는 더 빠르게, 신나게 즐기는 레벨 업의 쾌감이 있었다.

그렇다면 외승의 최종 목표란 대체 무엇일까. 전 세계 외승 코스를 모두 다 정복하는 것일까. 웜블러드(*말을 특성이나 기질을 기준으로 구분했을 때 운동능력은 뛰어나고 성격은 온순한 종으로 '최고의 승용마'라고 불리지만 정확한 사인과 추진이 필요해서 초보자들은 타기 어렵다고들 한다)를 타고 남부 프랑스의 라벤더밭을 다녀오면, 아이슬란드에서 오로라를 보고 나면, 남미의 마추픽추 유적지 탐험을 하고 오면, 그러고 나면 나는 과연 만족을 하게 될까. 그러려면 말 타는 실력도 실력이지만 돈을 모으느라 투잡, 스리잡을 해야 할 판이었다.

나에게 외승은 최종 목표가 아니라 그냥 승마의 영원한, 끝나지 않는 뫼비우스의 띠 같은 즐거움이었다. 다람쥐 쳇바퀴에서 벗어나 '오늘 하루'에 대해 무수한 설렘을 느끼게 하는 것. 오늘은 어떤 말을 타게 될까, 오늘 같은 날씨에는 어떤 풍경을 볼 수 있을까, 오늘은 또 누가 낙마를 할까(?), 늘 똑같은 것 같지만 매번 새로운 경험이 펼쳐지기에 또 다른 기대를 하고 말에 오르게 하는 것. 그게 외승이었다.

승마를 시작하고 얼마 안 돼 찾아온 겨울 시즌, 아침 8시 타임에 승마장을 가면 사람이 별로 없는 정도가 아니라 거의 나 혼자뿐이어서 그런지 감독님이 어느 날부터 또 다른 FAQ를 묻기 시작하셨다.

"어떤 말 타고 싶어요?"

나에게 이건 정말 너무 어려운 질문이었다. 승마장의 여론을 가만

보면 반동이 약하고 가자는 대로 잘 가는 모범생 말들이 인기가 많았다. 하지만 나는 어떤 말을 배정받든 코치님한테 혼나는 건 매한가지였기 때문에 말이 모범생이냐 아니냐는 내 관심사가 아니었다. 그런데 자꾸 물어보시니 "지금 제일 덜 피곤한 말(?) 주세요"라고 한 적도 있다.

그러다 한동안 실력이 도통 늘지 않는 정체기를 겪었다. 방향 전환도 안 되고, 추진(*말을 앞으로 나가게 하는 것)은 원래도 잘 안 됐지만 계속 잘 안 되고, 외승을 자주 가다 보니 자세도 안 좋아지고, 구보 사인은 될 때도 있고 안 될 때도 있고, 총체적 난국이었다. 그러다 보니 마음 한구석에서는 자꾸 남의 탓, 말의 탓을 하려는 생각이 스멀스멀 기어올라 오기 시작했다.

'아…… 저 사람이 앞에 있는 바람에 방향 전환이 안 됐잖아.'

'저 사람이 타고 있는 말이 구보가 잘되는데. 나도 저 말 타고 싶다.'

하지만 그건 다 착각이었다. 저 사람이 앞에 있어서, 내가 탄 말이 구보를 못해서 안 되는 게 아니라 그냥 내가 못하는 거였다. 물론 혼자 마장을 전세 내고 타거나 모범생 말을 타면 안 되던 게 갑자기 잘되기도 한다. 한번은 모범생 말에다가 승마장에서 제일 좋은 안장을 얹고 코치님이 한 타임 타신(*가끔 내가 너무 못 타면 코치님들이 대신 말에 올라 한참을 타고 주실 때가 있는데, 그러고 나면 말이 한결 정돈된 상태가 된다) 말을 받은 적이 있다. 그날은 시도하는 모든 것이 다 이루어지는 기적을 볼 수 있었지만 당연히도 그건 결코 내 실력이라고 할 수 없다.

그렇게 개미지옥 같은 장애물 매력에 빠져들게 됐다

그래서 나는 '최종 목표'를 이렇게 정하기로 했다. 말투정하지 않고 아무 말이나 잘 타는 것, 저 사람이 탔을 때 잘 안 가던 말도 내가 타면 잘 가게 하는 것.

거창하게 목표를 세우긴 했는데, 계속되는 정체기에 답답함이 밀려온 나머지 그렇게나 좋아하고 열심히 하던 승마에 흥미가 떨어질 지경이었다. 그렇다고 포기하기엔 또 자존심이 상해서 오기인지 집착인지 모를 상태가 이어지던 어느 날, 직장 일 때문에 가게 됐던 어느 동네에서 새로운 승마장을 알게 됐다. 예전에 모 예능 프로그램에서 모 연예인이 사극 촬영을 위해 승마 연습을 한다고 했던 그 승마장이었다. 승마장 환경이나 말 탓은 안 하기로 했지만 조금 변화를 준다면 이 슬럼프에서 벗어날 수 있지 않을까 하는 마음에, 나는 또 적토마와 같은 추진력으로 기승 예약을 했다. 그리고 가격이 너무 미치게 비싸지 않다면 개인 레슨을 받자고 생각했다.

아니나 다를까, 이 승마장에서 만난 코치님도 똑같은 질문을 하셨다. 최종 목표가 뭐냐고. 나는 내 진짜 최종 목표는 나만의 소중한 비밀로 일단 아껴 두고 이곳에서의 새로운 목표를 세웠다.

"장애물 하고 싶어요."

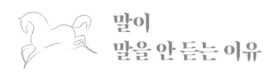

말이
말을 안 듣는 이유

　새로 가게 된 승마장은 서울 도심에서 좀 많이 떨어진, 한적한 지역에 있었다. 이 승마장의 트레이드마크는 거대한 유리 돔으로 된 실내 마장이었다. 촘촘하게 그물처럼 짜인 유리창 사이로 햇빛이 은은하게 쏟아져 들어와 사진을 찍으면 그림이 꽤 괜찮게 나왔다. 그래서 드라마나 뮤직비디오 촬영도 종종 있다는 모양이었다. 때문에 가끔 기승 예약을 하려고 하면 그때는 대회가 잡혀 있어서 안 된다느니, 하루 종일 촬영이 있어서 안 된다느니 할 때가 생각보다 자주 있었다. 하지만 덕분에 이 정도 금액에 이런 환경에서 말을 탈 수 있는 가성비가 나올 수 있는 것이라 생각하면서 나는 바로 납득을 당했다.

　한여름에는 실내 마장의 온실효과(?) 때문에 차라리 바깥이 더 시원하다는 코치님의 이야기는 머지않아 온몸으로 실감할 수 있었다. 푸릇푸릇한 잔디밭으로 된 야외 마장에는 승마 경기에서나 보던 장애물들이 여러 종류씩 놓여 있었고 근처에서 불어오는 바닷바람은 어딘가 낯선 타지에 와 있다는 기분이 들게 했다. 실제로 이 승마장 바로 옆은 바다였다. 그렇다고 말을 타면서 바다가 보이는 건 아니었으나 그냥 바다가 느껴진다는 것만으로 좋았다.

　모 예능 프로그램에서 그 연예인은 혼자 승마 연습을 하고 혼자 조개구이를 먹으러 가는 극강의 혼삶을 보여 주었지만 나는 차마 나 홀로 조개구이를 먹으러 갈 용기까지는 없었다.

　"네? 뭐라구요?"

　"평보 하시라구요!"

　마장이 너무 큰 탓에 코치님이 뭐라고 하시는지 잘 안 들려서 이렇게 서로 두 번씩 묻고 대답하는 일이 자주 벌어진다는 게 문제라면 문제였다. 그럼에도 코치님의 잔소리는 끊임없이 실시간으로 이어졌다. 한쪽 어깨가 올라갔으니 내려라, 허리 움직이지 말고 가만히 둬라, 다리도 좀 제발 가만히 둬라, 무릎에 힘 빼라, 고삐 연결 더 해라 등등, 내 자세에 이렇게까지 많은 문제점이 있는 줄 미처 몰랐었다. 마장 한 바퀴를 도는 별로 길지도 않은 시간 동안 나는 쏟아지는 코치님의 디렉션을 수행하기 위해 수능 준비하던 시절만큼 집중력을 발휘해야 했다.

　코치님은 하나를 고치면 다른 하나가 망가지는 오래된 가전제품처럼 말을 타는 나를 인내심 있게 혼내셨다. 같은 지적을 두 번 세 번 하실 때면 욕만 안 하셨지 단전에서부터 끓어오르는 화를 참으려 애쓰시는 게 느껴졌다. 안 되면 다시. 그래도 안 되면 또다시. 될 때까지 그냥 계속 다시. 그러다 보면 말이 짜증을 내기도 해서 나는 코치님 눈치에 이어 말 눈치까지 봐야 했지만, 그렇게 씨름을 하다 보면 안 되던 게 갑자기 되는 기적이 일어나곤 했다.

멋있는 실내 마장과 새로운 담당 코치님

원래 다니던 승마장에서 첫 기승 때 고삐 잡는 것부터 가르쳐 주셨
던 코치님이 다른 곳으로 이직하게 됐다며 마지막 레슨을 해 주시던
날이었다. 나는 방향 전환이 잘 안 돼서 한창 고생하던 때였는데, 떠
나시기 전에 이거 하나만큼은 고쳐 놓고 가겠다는 심정이셨는지 유독
다른 날보다 잔소리를 퍼부으셨다. 그날 같은 시간에 말을 타는 다른
회원이 한 명 더 있었지만 코치님 관심의 90%가 나에게 쏟아지는 영
광(?)을 누렸다.

그날 결국 나는 정말 그때까지 죽어라고 안 되던 방향 전환의 슬럼 프에서 벗어났다. 실력을 키우는 가장 효과적인 방법은 욕을 먹는 것이라고 했던 동호회 코치님의 말은 틀린 말이 아니었다.

대부분의 운동이 그럴 테지만, 승마는 특히 어린아이들이 어른들보다 더 잘 타고 또 빨리 실력이 는다고들 이야기한다. 어른이 가지고 있는 '힘'보다 아이들의 '유연함'이 더 필요한 운동이기 때문이다.

어른이 될수록 우리는 남의 말을 참 안 듣는다. 나는 어릴 때도 나 잘난 맛에 사느라 내가 아는 것과 내가 이해하는 것이 잘못됐을 수도 있다는 걸 잘 받아들이지 못했는데, 나이가 들수록 더한 것 같다. 운동할 때도 마찬가지다. 단지 이해력이 부족하거나 운동신경이 안 좋은 게 문제일 땐 욕을 먹으면(?) 대체로 해결이 된다. 하지만 고집 때문에 잘못된 버릇, 잘못된 자세를 못 고치는 것이라면 그건 약도 없다. 몇십만 원짜리 레슨을 받아도 무용지물이다.

그런 고집불통 기승자들을 대처하는 방법 중의 하나는 '좋은 말을 타면 해결된다'며 자마를 사게 하는 것이라는 이야기를 들은 적이 있다. 그리고 그 말을 마주의 나쁜 습관에 맞도록 훈련시킨다는 것이다. 그럼 그 고집불통 기승자는 갑자기 자신의 뜻대로 잘 움직여지는 말을 타면서 '역시 좋은 말을 타야 된다'는 명제를 본인의 착각과 오만함을 밑거름으로 완성하게 된다.

사실 내가 지금 마음대로 말이 안 타지는 원인이 내가 아니라 말에게 있다는 사실만으로도 이미 기분이 좀 풀어진다. 가끔 나도 방향 전환이 잘 안 되거나 원하는 방향의 구보가 잘 나오지 않을 때(*구보는 말이 어느 쪽 앞다리를 더 앞에 내딛느냐에 따라 좌구보 또는 우구보로 구분된다. 오른쪽 방향으로 돌 때는 우구보, 왼쪽 방향으로 돌때는 좌구보로 가는 것이 정석이다.) '그 말이 원래 좀 그게 잘 안 된다'라는 말을 들으면 그게 그렇게 큰 위로가 된다. 인간의 알량함이란 정말 어쩔 수 없다.

하지만 아무리 시간과 돈을 들여도 안 되는 건 정말 끝까지 안 되곤 했고, 심지어 어떤 날은 실내 마장에 처음 나갔던 날처럼 도무지 마음대로 되지 않은 적도 있었다. 그럴 때면 괜히 말에게 짜증이 났다. 하지만 그건 말 입장에서도 짜증스러운 상황인 건 마찬가지였다.

'도대체 지금 내 등에 타고 있는 이 인간은 나에게 바라는 게 뭘까. 뭘 어떻게 하라는 건지도 모르겠고 힘들고 귀찮으니까 그냥 무시하자.'

대략 이렇게 생각하지 않았을까. 그러면서 박차를 넣든 채찍을 때리든 아랑곳 않고 자유로운 영혼처럼 묵묵히 평보만 하는 말은 그나마 착한 말이었다. 방향 전환은 이제 어느 정도 잘하게 됐다고 생각했는데, 어느 날은 말이 정말 고집스럽게도 장애물이 있는 쪽으로 안 가려고 버텼다. 억지로 억지로 두어 번은 성공했지만 실패하는 횟수가 더 많았고, 말은 짜증을 부리다 결국은 두 발로 일어서는 땡깡(?)까지 보여 주며 불만을 표출했다.

겁이 많은 동물인 말이 높은 장애물을 뛰어넘는 것은 그만큼 기승자를 믿기 때문이라고 한다. 말이 내가 원하는 대로 움직여 주지 않는 것은 아직 그만큼 내가 말에게 믿음을 주지 못해서다. 왕초보 때 탔던 말들은 주로 나에게 모든 것을 맞춰 주는 베테랑들이었지만, 이제는

마음에 안 들면 기립하는 버릇이 있는 휴스턴과 다정한 연말 샷

말에게 내 의사를 정확하게 전달하고 소통하면서 함께 움직임을 만들어 가야 하는 단계였다.

승마는 말과 내가 함께 배우고 성장하는 운동이다. 아무 말이나 잘 타고 싶다는 나의 목표는 말 탓을 해서는 절대 이룰 수 없는 일이었다.

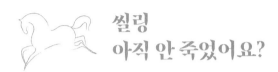

이 승마장은 역사가 한 20년 정도 되는데, 처음 생겼을 땐 독일산 웜블러드밖에 없었다고 한다. 선수들도 많이 있었다지만 지금은 나 같은 일반 회원들, 지나가던 길에 잠깐 체험하고 가는 관광객들이 그 자리를 채우고 있다.

특이한 건 대학생들이 '수업'이랍시고 단체로 올 때가 가끔 있다는 거였다. 승마장에 펜션도 있어서 2박 3일 동안 이게 수업인지 엠티인지 애매모호한 시간을 보내고 가는데, 세상 꿀강이 따로 없다. 나만 그렇게 생각하는 건 아닌지 매번 엄청난 숫자의 학생들이 몰려와 말도 고생이고 코치님들도 고생이고 전쟁이 따로 없다. 하지만 나도 학교 다닐 때 저런 기회가 있었으면 얼마나 좋았을까 부럽기도 했다. 그랬다면 지금쯤 말 수의사가 됐거나 마사회에서 한 가닥 하고 있었을지도.

웜블러드들은 화려했던 시절을 뒤로하고 마방에서 유유자적 노후를 즐기고 있다. 정 많은 회원들이 가져오는 당근과 사과를 먹으면서 어린 더러브렛들이 일하는 모습을 축구 경기 보듯이 감상한다. 가끔

푸른 잔디밭에서 노후를 즐기고 있는 말들

코치님한테 반항하다가 혼구녕 나고 있는 더러브렛이 있으면 마방에서 일제히 목을 빼고 구경하는데, 이럴 때 보면 말의 탈을 쓴 사람 같기도 하다.

그런 한편 아직도 현업을 놓지 못하고 있는 웜블러드들도 있었다. 얼룩무늬가 예쁜 '씰링'과 왕년에 각종 대회를 휩쓸었다는 '비엔토'다. 이미 나이가 스무 살이 넘어(*사람 나이로는 60세 정도의 고령이다) 이제는 그만 은퇴 후 삶을 즐겨야 할 것 같은 어르신들이지만, 이런저런 이유로 아직 승마장 운영의 최전선을 달리는 중이다.

내가 이 승마장에서 개인 레슨을 받기 시작했다고 이야기하니, 예전에 거기서 일했었다며 반가워하시던 다른 코치님이 있었다. 추억이

돌으시는지 평소에는 과묵하신 분인데 승마장 주변에 이런저런 맛집들을 알려 주시며 말을 거셨다. 아마 독일산 웜블러드만 있었다던, 전설 같은 시절을 직접 목격하셨던 것 같다.

"그래서 어떤 말 탔어요?"

"씰링이요!"

"씰링 아직 안 죽었어요?" (네?)

"비엔토도 탔어요."

"비엔토 아직 안 죽었어요?"

죽기는요. 아직 팔팔하답니다.

보통 승마장들은 1회 기승이 아예 불가능한 건 아니지만 정기권을 사는 것보다 가격이 훨씬 비싸다. 유명한 코치님들은 월 회원을 끊어야 만날 수 있기도 했다. 한두 번만 오지 말고 꾸준히 타러 오라는 뜻이기도 하지만 승마에서는 또 한 가지 더 중요한 이유가 있었다.

말도 다 각자의 성격과 습관이 있고 능력치가 다른데, 어디서 어떻게 배웠고 어느 정도의 실력인지, 어떤 문제점이나 안 좋은 버릇을 갖고 있는지 잘 모르는 사람이 오면 사다리 타기를 할 수도 없고 대략 난감인 것이다. 태권도나 유도처럼 승마도 실력을 '몇 급'인지로 증명하는 '기승능력인증제'라는 게 있지만 그다지 활성화돼 있지 않고, '구보를 할 수 있는지'를 많이들 물어보는데 그것도 참 애매하다. 말이 달리는 데 겨우 얹혀 가는 것도 구보고, 속도와 보폭을 자유자재로 조절하면서 달리는 것도 구보지만 둘 사이에는 사차원의 벽을 뛰어넘어야 할 만큼 차이가 있다. 어쨌거나 정확히 알려면 일단 한번 태워 보는 수

2세대 유니콘과 자체 모자이크 중이신 동호회 팀장님

밖에 없는 거다.

그래서 한 번씩 새로운 승마장에 '간'을 보러 갈 때면 거기서 가장 순하고 착한 아이가 파트너로 나오곤 했다. 여기서도 단체 체험을 오는 사람들, 10회권 쿠폰 끊어 놓고 어쩌다 한 번씩 오는 사람들, 그리고 나처럼 어디 다른 승마장 다니다 와서 정체를 알 수 없는(?) 사람들이 나타나면 대개 씰링이나 비엔토가 출동했다. 경험 많은 베테랑이니 안전하기도 하고 초보자들의 온갖 실수에도 우직하게 견뎌 주기 때문일 것이었다.

씰링과 비엔토도 하루빨리 노후를 즐기는 날이 와야 할 텐데.

하루는 흰색 털이 예쁜 '칼리스토'란 말을 탔다. 칼리스토는 더러

브렛이었고 먹는 것을 무척이나 좋아했다. 어찌나 풍채가 좋은지 웜블러드인 줄 알았다. 물론 모든 말이 풀과 간식을 좋아하지만 칼리스토는 좀 유별났다. 그날 탔던 말에게 고생했다고 먼저 간식을 주고 있으면 칼리스토는 강렬한 눈빛과 함께 욕망의 콧김을 옆에서 뿜어 댔다. 내가 먹을 것도 아니면서 주말 아침부터 당근이며 사과를 정성껏 손질해 갔는데 그렇게 무언의 압박을 쏘아 보내고 있으면 도대체가 안 줄 수가 없다. 말들에게는 헤어날 수 없는 나쁜 남자의 매력이 있다.

'유니콘'은 오색 빛깔 갈기를 가졌을 것만 같은 이름이지만 짙은 갈색에 말발굽 소리가 크고 묵직한 상남자다. 어릴 때부터 고집이 센 편이었는데 나이가 들면서 더 똥고집이 됐다고 한다. 상남자가 고집까지 세니, 말 다 했다. 하기 싫은 건 끝까지 하기 싫다. 보다 못해 수석 코치님이 나서서 맴매를 곁들인 훈육을 하시면 무서워는 하지만 그 성격이 어디 가진 않았다.

칼리스토와 유니콘은 어디 유럽 전설 속에나 등장할 듯한 이름을 가졌다는 것 말고도 공통점이 하나 더 있었다. 둘 다 이 승마장에서 그 이름을 가졌던 첫 번째 말이 아니라는 것. 승마장이 생긴 지 오래되기도 했고 말 수명이 25년 정도 되니, 이미 이전에 '1세대' 칼리스토와 유니콘이 있었던 거다. 이들이 무지개다리를 건넌 후 생김새가 비슷한 새 말이 들어오면서 그 이름을 그대로 붙여 준 것이었다. 떠난 말들을 추억한다는 의미도 있지만 매번 새로운 말 이름을 짓는 것도 은근 고민되는 일이라 승마장에서는 흔히 있는 일이라고 한다.

그래서 내가 칼리스토를 탔다고 했을 때, 그 코치님은 한 번 더 놀라셨다.

"칼리스토 아직 안 죽었어요?"

승마에 대한 흔한 오해

승마에 대한 흔한 오해 중 하나. 말이 다 하고 사람은 그 위에 가만히 앉아 있기만 하는 게 아니냐는 것. 그래서 승마는 스포츠가 아니라는 소릴 하곤 한다. 당연히 사람이 가만히 앉아 있기만 하지 않는다. 가만히 앉아 있기만 한다면 말이 두 발자국을 채 걷기 전에 말 등과 헤어져서 땅바닥에 인사할 준비를 해야 할 것이다.

실은 나도 항상 의아해하면서 말을 탄다. 도대체 달리는 건 말인데 왜 내가 이렇게 힘이 드는 걸까. 수백 톤짜리 비행기가 공중에 뜨는 것만큼이나 이해가 안 됐다. 그런데 사실은 사람이 몸에 힘을 빼고 말의 움직임을 자연스럽게 따라가 주면 말도 더 잘 가고 사람도 덜 힘들다. 기승자가 뻣뻣하면 말도 뻣뻣해지고, 말을 편하게 해 줘야 기승자도 편하다. 승마라는 건 말과 하는 이인삼각 달리기 같은 것이었다. 보기에는 말의 다리로만 달리고 있는 것처럼 보이지만, 실제로는 사람도 다리를 엄청 사용해야 하는 운동이 승마였다.

승마가 '동물과 함께하는 운동'이란 것은 장애물을 배우기 시작하면서 더 절실히 알게 됐다. 말을 사랑하고 말과 소통하지 않으면 아무

승마는 말과 소통하지 않으면 아무것도 할 수 없는 운동이다

것도 할 수 없는 운동이 승마였다.

말을 타는 동안에는 어떻게 흘렀는지 모를 정도로 시간이 사라지는 느낌이었다. 쉴 틈 없이 말의 움직임이나 내 자세에 온 집중력을 쏟아부어야 했기 때문이다. 그러지 않으면 금세 코치님의 잔소리가 마장에 울려 퍼졌다. 여러 사람들과 함께 그룹으로 레슨을 받을 때는 몰래몰래(?) 자세가 풀어지기도 했었는데 개인 레슨은 얄짤없었다. 내가

뭔가 잘못하고 있어도 코치님이 아무 이야기도 안 한다는 것은, 너무 답답해서 할 말을 잃으셨다는 신호였다. 그럴 때면 난치병 환자가 의사 선생님에게 빌듯 '제발 저를 포기하지 말아 주세요'라고 마음속으로 외치곤 했다.

말에게 내가 원하는 동작을 정확하게 전달하지 못하고 말 움직임에 그저 딸려 가기만 하면 그때부터는 이제 말이 나를 무시하기 시작한다. 아니 애초에 말이 초식동물이라 나를 잡아 먹지는 못해도(?) 덩치가 나의 10배 이상이 되는데, 등 위에 올라타 있는 조그마한 인간이 이런저런 명령을 한다고 들어주는 게 신기한 일이었다.

그런데 이 인간이 명령을 헷갈리게 하면 말은 점점 그것을 따르지 않는다. 상사가 PPT에 동그라미를 넣을지 사각형을 넣을지 분명하게 말해 주지 않아 그냥 동그라미를 그렸는데 사각형을 그리지 않았다고 혼내면 기분이 어떨까. 동그라미와 사각형을 동시에 그리라고 하면 그건 또 기분이 어떨까. 그 상사에게 죽빵을 날리고 싶……지만 꾹 참고 다음부턴 무슨 말을 해도 한 귀로 듣고 한 귀로 흘려보내지 않을까. 구보 사인이 정확하지 않으면(=구보를 하란 건지 속보를 하란 건지), 고삐를 당기면서 박차를 넣으면(=가라는 건지 서라는 건지), 어디로 갈지 방향을 알려 주지 않으면(=왼쪽으로 가란 건지 오른쪽으로 가란 건지), 말은 더 이상 기승자에게 집중하지 않는다. 아예 우두커니 서서 완전 없는 사람 취급을 하기도 했다. 그럴 땐 짜증 나서 나를 떨어뜨리지 않는 것만도 고마워해야 할 판이었다.

새로운 승마장에서 가장 자주 내 파트너가 됐던 말은 '모듈러'와

'휴스턴'이었다. 모듈러는 어두운 갈색의 털을 가지고 있었고 다리가 유독 길었다. 나이가 이제 겨우 여섯 살로(*사람으로 치면 20대 초반) 그 동안 타 본 말 중에 가장 어렸다. 어린 말들은 하는 짓(?)도 어린 티가 나는데, 모듈러는 내가 사인을 제대로 넣지 못하거나 무언가를 잘못 하면 바로바로 불만을 표시했다.

다른 말들보다 유독 더 예민하고 겁이 많은 모듈러는 별것도 아닌 걸 보고 깜짝깜짝 놀라는 게 일상이었다. 뭐 대단한 게 아니라 마장 한 편에 놓인 장애물 솟대, 복도에 세워 둔 빗자루 따위를 보고 놀라는 것 이다. (그깟 빗자루 네가 한 번 밟으면 아작 나는 거란다) 하도 무섭다고 호 들갑을 떨어서 익숙해지도록 알려 줘도 다음 날이 되면 다시 리셋이 되고 말았다. 이곳 승마장에 오기 전에는 경마도 몇 번 나갔던 것 같지 만 성적이 좋지 못했고, 승용마가 돼서도 특유의 성격 때문인지 장애 물이나 마장마술 같은 고급 기술은 전혀 배우지 못했다고 했다.

그러던 어느 날은 코치님이 유독 기분이 좋아 보이셨다. 모듈러가 높이 130cm 장애물을 뛰었다는 것이다. 당연히 모듈러 혼자 한 게 아 니고 코치님이 잘 훈련시킨 결과였다. 이럴 때 보면 정말 신기했다. 장 애물 솟대만 봐도 무서워서 덜덜 떠는 아이가, 어떻게 그 높은 걸 뛰어 넘을 수 있는 걸까.

말 위에 앉아 있는 나도 장애물이 앞에 있으면 무서웠다. 그래서 나도 모르게 말에게 제동을 걸거나 추진을 제대로 넣지 못할 때가 많 았다. 그럼 말은 '어? 나 못 뛰겠는데'라며 장애물을 거부하게 된다. 이 렇게 틈을 보이면 말은 귀신같이 알아챘다. 그건 정말 휴스턴이 타고 났다. 모듈러가 '우엥, 무섭고 하기 싫어. 그런데 이 사람이 딱히 명령

말과 호흡을 맞춰 함께 장애물을 넘을 때의 성취감은 정말 최고다

을 하지도 않네. 그냥 안 할래 푸힝' 하는 느낌이라면, 휴스턴은 '어라, 가뜩이나 하기 싫은데 이쪽 고삐가 열려 있네(*'고삐가 열렸다'는 건 고삐를 통해 말에게 전달되는 긴장감이 풀어졌다는 의미다. 고삐 연결이 잘돼 있으면 말은 그쪽이 '막혀 있다'고 인식한다). 여기로 피해 가면 되겠다 후 훗' 요러는 느낌이랄까.

그렇다면 말이 높은 장애물을 뛰어넘게 하는 방법은 간단하다. 고삐 연결 잘하고 자신있게 말에게 추진 명령을 내리면 된다. 그럼 말은 이렇게 생각하고 눈앞의 장애물을 뛰어넘어 줄 것이다.

'옆으로 갈 길은 없고 앞에는 장애물이 있어. 그런데 이 사람이 나에게 달리라고 하네. 그럼 한번 뛰어넘어 볼까?'

그렇게 장애물 넘기를 성공하고 나면 가볍게 말 목을 토닥이며 칭찬해 준다. 우리 둘이 마음이 맞지 않으면 제아무리 낮은 장애물도 넘을 수 없었다. 말은 바닥에 가지런히 놓여 있는 나무 막대기조차 무서워하는 순둥이 쫄보들이니까.

그런 말과 호흡을 맞춰서 무언가를 함께 해낸다는 성취감은, 실로 대단한 기분이었다.

낙마를 하면서 배우는 것들

피겨스케이팅 선수가 점프 후에 넘어져도 다시 툭툭 털고 일어나 끝까지 프로그램을 마무리할 때, 골프선수가 물웅덩이에 빠진 공을 포기하지 않고 쳐 올려서 라운드를 이어 갈 때, 그들의 포기하지 않는 스포츠 정신에 우리는 감동을 받고 박수를 보낸다. 하지만 승마경기에선 그런 극적인 장면을 볼 수 없다. 승마는 경기 중에 낙마를 하면 그대로 실권이다.

그래서 승마경기를 보다 보면 낙마하지 않으려 애쓰는 선수들의 갖가지 눈물겨운 액션을 볼 수 있다. 분명 100% 낙마한 줄 알았는데 말 등에서 사라졌던 사람이 갑자기 뿅 하고 다시 나타나기도 했다. 어쨌거나 두 발만 땅에 닿지 않으면 되는 것이다.

그런데 낙마를 해 실권이 돼도 관중들의 박수를 받을 때가 있다. 격려가 아닌 감탄과 환호의 박수를. 그건 선수들이 낙마 후에 자신보다 더 놀랐을 말을 다정하게 토닥이며 위로할 때였다.

새로운 승마장에서 새로운 말들을 타며 나는 거의 매주 낙마 기록을 경신했다. 낙마하는 방식도 참으로 다양했다. 처음에는 속수무책으로 옆으로 톡, 하고 떨어지기만 했지만 갈수록 나의 낙마는 아크로바틱해졌다. 그건 어떻게든 안 떨어져 보려고 발악하다(?) 실패한 결과였다. 가장 본능적으로 나오는 자세는 말 목 잡고 버티기. '안 떨어질 거야, 안 떨어질 거야' 하면서 춘향이가 몽룡이 바짓가랑이 붙들듯 말 목을 부둥켜 안고 아등바등하다 보면 두 발로 땅에 착지하기도 했다.

"일부러 내려오신 거죠? 잠깐 쉬었다 타려고?"

이제 나의 낙마에 아무 감흥이 없어진 코치님의 반응은 놀리거나, 혹은 어이없어하거나 둘 중에 하나였다. 그래도 한때는 다쳤을까 봐 걱정하고 근육 이완제를 챙겨 주시던 시절도 있었는데. 사실 회원이 낙마를 하면 코치 입장에서는 엄청난 부담이다. 어쨌거나 프로선수가 아닌, 코치의 감독과 관리 속에서 취미로 말을 타는 사람들이니까. 그런데 나는 낙마 횟수에 비해 이상하리만치(?) 심하게 다치는 일은 없었다.

하지만 낙마를 하고 나면 아프다거나 말이 원망스럽기보다, 그냥 속상했다. '오늘도 낙마했네'라며 의기소침해 있는 나에게 코치님들은 각자의 낙마담을 이야기하며 위로해 주셨다. 본인들도 지금까지 헤아릴 수 없을 만큼 많이 낙마했고, 다 그렇게 말에서 떨어지기도 하면서 배우는 거라고. 그때까지만 해도 난 이렇게 생각했다.

'낙마를 하면서 뭘 배울 수 있다는 거예요……?'

모듈러와 처음 장애물 레슨을 받던 날이었다. 지금이야 모듈러 성

장애물을 배우면서 시작된 나의 낙마 퍼레이드

격도 잘 알고, 내 실력도 많이 늘었고, (나 혼자만의 착각인지는 모르겠으나) 얘랑 좀 친해지기도 해서 모듈러를 타는 것이 두렵지 않다. 하지만 그때만 해도 이렇게 예민한 아이와 장애물 넘기를 한다니 매주가 서바이벌 게임 같았다.

도대체가 말들은 종잡을 수가 없는 녀석들이었다. 금방이라도 잠들 것처럼 멍때리고 있다가도 정확한 추진 신호가 들어오면 금세 발랄하게 걷고 달렸다. 특히 장애물을 넘으면 힘들어서 지칠 것 같지만 오히려 말은 더 흥분하기 시작한다. 그 순간 다시 차분하게 다음 목표로 갈 수 있도록 도와주는 것이 사람이 할 일이었다. 기승자가 정신 못 차리면 게임 끝이다. 빈틈을 보이는 순간 말은 흥분을 가라앉히지 못하고 폭주하기도, 얍삽하게 장애물을 피해 가기도 하는 것이다.

그날 모듈러는 장애물을 넘자마자 마치 경마장에 온 것처럼 질주하기 시작했다. 아무리 고삐를 당겨도, '워어' 하고 멈추라는 신호를 줘도 속도가 줄어들기는커녕 점점 더 빠르게 달렸다. 코치님들이 앞을 막아 보려고 해도 요리조리 잘도 피해 갔다. 나는 무섭기도 하고 힘들기도 하고 모듈러를 멈춰 세울 자신도 없어서 그냥 낙마를 선택했다. 그러자 모듈러는 언제 그랬냐는 듯 뜀박질을 멈춘 채, 폭신폭신한 풀밭 위에 엎어져 있는 나를 '너 왜 거기서 그러고 있냐'는 표정으로 쳐다봤다.

모듈러는 나에게 말이 통제에서 벗어나는 게 어떤 것인지 실감 나게 가르쳐 줬다. 낙마라는 건 '말이 튀어서(*말이 갑자기 놀라거나 돌발 행동을 하는 것을 이렇게 표현하곤 한다)' 하는 게 아니라, '내가 말과 제대로 소통하지 못해서' 하는 것이라는 것도. 말이 달린다고 칠렐레팔렐레 신나 하기만 하는 건 그냥 바이킹 타고 신나 하는 것과 다를 게 없다는 사실도.

본격적으로 장애물을 배우기 시작하면서 내 낙마 기록은 일주일이 멀다 하고 갱신됐다. 페가수스를 처음 탔던 날은 고깔로 만들어 놓은 트랙을 다 부수면서 요란하게도 낙마를 했다. 게다가 근처에 서서 단체 레슨을 하고 있던 코치님 위로 떨어졌는데, 코치님이 입고 있던 두툼한 패딩이 에어백 역할을 제대로 해 줬다. 그래서 다행히 크게 다치지는 않았지만 승마장 수석 코치님은 아무래도 내가 저러다가 한 번은 큰일 나겠다 싶으셨는지 이런 말씀을 하셨다.

"왜 자꾸 낙마하는 줄 알아요? 낙마턱(*낙마를 한 사람이 그 자리에 있었던 모든 사람들에게 밥이든 술이든 한턱내는 것. 선수들끼리 연습하다가 누군가 낙마를 했다는 건 오늘 저녁은 공짜라는 의미고, 낙마를 한 사람이 여러 명이면 그날은 곧 파티날이다.)**을 안 내서 그래요."**

너무 못 타니까 기승자 버려 놓고 혼자 집에 가는 휴스턴 (안 돼, 돌아와...)

    그래서 나는 고사를 지내는 마음으로 늘 나의 낙마를 강제 직관하시는 담당 코치님과 페가수스 낙마 때 에어백이 돼 주셨던 코치님, 그리고 수석 코치님까지 이렇게 세 분을 모시고 한우투뿔집으로 갔다. 회식 날짜를 잡은 날은 때마침 에어백 코치님 생일이었다. 생일만 아니었어도 그냥 돼지고기로 때우려고 했……다는 건 농담이고, 내가 그냥 맨바닥에 낙마했었다면 아마도 지불해야 했을 병원비를 오늘 낙마턱으로 써야겠다는 생각이었다.

    낙마턱은 새벽 3시 노래방까지 이어졌다. 그러고는 신기하게도 한동안은 낙마를 하지 않았다.

오 나의
말 선생님

"말한테서 배운다."

승마를 하다 보면 가끔 듣게 되는 이야기 중에 이런 말이 있다. 왕 초보 때는 이게 도대체 무슨 말인지 전혀 이해할 수 없었다. 운동은 코치님한테 배우는 거지 의사소통도 안 되는 말이 무엇을 가르쳐 줄 수 있다는 걸까.

그동안 초보 기승자들의 온갖 만행에도 무덤덤했던 말년 병장 같은 말들만 타다가 모듈러나 휴스턴처럼 생생한 리액션을 보여 주는 말을 타니 그야말로 신세계였다. 몸의 중심이 흔들리거나, 고삐를 당기는 힘이 너무 강하거나, 혹은 반대로 고삐 연결을 제대로 못 하거나, 불필요하게 발뒤꿈치로 말 배를 쿡쿡 찌르는 등등 잘못을 저지르면 즉각 반응이 돌아왔다.

그제야 알았다. 내가 말에게서 무엇을 배워야 하는지.

말은 뒷쪽 꼬리 부분에 약 3도 가량을 제외하고 거의 360도를 볼 수 있는 시야를 가졌다. 그런데 가끔은 코치님 시야도 그 정도 되는 게

아닐까 의심스러울 때가 있었다. 분명 어디 딴 데 보고 있으셨던 것 같은데 내가 지금 무엇을 잘못하고 있는지 날카롭게 지적하셨다. 어쩔 땐 몽골인의 시력을 가지신 것처럼 보이기도 했다. 수십 미터 밖에서도 내 몸 어디가 지금 삐꾸인지 정확하게 집어내시곤 했다.

"사람보다는 말의 움직임을 봐요."

어떻게 그렇게 다 보실 수 있냐는 내 질문에 코치님은 이렇게 대답하셨다. 말이 어딘가 달리는 모습이 이상하다 싶어서 위에 탄 사람을 보면 분명히 무언가를 잘못하고 있다는 거다. 내가 잘못하면 말은 불편하게 달리고, 그럼 그 위에 타고 있는 나도 덩달아 불편해진다. 같이 편하게 달리기 위해, 니는 군데군데 고장 난 내 자세를 하나씩 수정해 나갔다. 그러면서 나는 내 등이 지나치게 굽어 있다는 것도 알게 됐고 몸이 왼쪽으로 약간 틀어져 있다는 사실도 알게 됐다. 승마가 자세 교정에 좋다는 건 이런 이유에서다.

불편함을 어필하는 방식은 말마다 성격에 따라서 미묘하게 달랐다. 모듈러는 투정을 부리고, 휴스턴은 나를 개무시했다. 특히 휴스턴은 뭔가 마음에 안 들고 하기 싫은 것을 해야할 때 기립(*말이 두 발로 일어서는 것)하는 버릇이 있었다.

그날도 나는 휴스턴과의 기 싸움에서 명백히 지고 있었다. 휴스턴은 내가 아무리 애를 써도 도무지 장애물을 넘으려고 하지 않았다. 그때 하필이면 코치님이 다리를 다쳐서 한쪽에 깁스를 하고 계셨는데, 내가 너무 못하고 휴스턴이 점점 더 마음대로 하기 시작하자 결국 깁스를 한 채로 말에 오르셨다. 코치님은 나보다 훨씬 단호하고 정확하게 휴스턴을 다루셨지만 우리의 기립 공주님 휴스턴은 결국 두 발로 일어서며 땡깡을 부리기에 이르고 말았다. (그렇다. 휴스턴은 이름과 달리 암말이다. 이쁘게 생겨서 봐준다…….)

페가수스는 모듈러와는 다른 의미로 굉장히 예민했다. 박차가 조금만 들어가도 금세 흥분하며 속도가 빨라졌고, 고삐 잡은 손이 너무 세면 신경질적으로 고갯짓을 해 댔다. 어디 천장에서 물이 새나 하고 보면 페가수스가 흥분하며 고개를 흔들다가 나에게 침 세례를 한 흔적이었다.

그날 나는 모듈러를, 어떤 유소년 회원은 페가수스를 타고 있었다. 모듈러와 유유자적 속보를 하고 있는데 페가수스가 옆에서 순간적으로 엄청난 속도를 내며 달리기 시작했다. '어린 친구가 대단하네'라고 생각했지만 표정을 보니 그게 아니었다. 일부러 속도를 내는 것이 아니라 말을 컨트롤하지 못하고 있었다. 그렇게 한참을 말에게 딸려 가던 아이는 그만 낙마를 하고 말았다.

"저 말 이따가 타셔야 하는데."

코치님은 불안한 기운을 감지하고 이렇게 말씀하셨지만 모듈러의 폭주를 한 번 경험해 봤던 나는 그래도 자신이 있었다. 그런데 페가수스를 타고 구보 사인을 넣었을 때, 나는 한 번도 겪어 보지 못했던 파워와 스피드에 당황하고 말았다. 이 녀석은 원을 그리면서 달리게 해도 속도가 그다지 많이 줄어들지 않았다.(*자동차가 커브 길에서 속도를 줄여야 하듯, 원을 그리도록 하면 말이 속도를 알아서 줄인다) 옆에서 단체 체험 수업을 하시던 수석 코치님이 앞을 가로막고 서자 그제야 페가수스는 뜀박질을 멈췄다. (살려 주셔서 감사합니다…….)

수석 코치님은 다리로 말 배 너무 조이지 말라고 알려 주셨다. 게다가 다리가 계속 흔들리면서 의도치 않게 박차가 계속 들어간다고 했다. 나는 내가 말 배를 조이고 있는 줄도 몰랐고 내 다리가 흔들리는 줄도 몰랐다. 이건 페가수스가 나에게 가르쳐 주는 거나 다름없었다.

'너 지금 내 배를 너무 조이고 있는데, 자꾸만 뒤꿈치로 내 배를 툭 툭 차는데, 이렇게 마구 달리란 뜻이야?'라고.

페가수스와 안정적으로 구보를 하기 위해서는 고삐도 너무 세게 쓰면 안 되고, 다리는 부드럽게 말 배에 닿아 있어야 하고, 발뒤꿈치를 확실하게 내려서 불필요한 박차가 들어가지 않도록 해야 했다. 이건 사실 코치님들이 하루에도 수십 번 반복해서 하시는 잔소리들이었다.

사과를 처음 먹어 보는 페가수스

힘들게 실시간으로 이야기할 필요 없이 그냥 녹음해서 반복 재생시켜 놔도 될 만큼.

'아 아는데 도무지 몸이 따라 주지 않는 걸 어떡해요'라고 투정도 부려 보지만 페가수스는 인정사정없었다. 그렇다고 페가수스가 딱히 나를 싫어하거나 골탕 먹이고 싶어서 일부러 그러는 말썽꾸러기인 게 아니다. 페가수스는 그저 배운 대로, 훈련받은 대로, 사인이 들어오니 까 그렇게 반응하는 것뿐이다.

나는 나의 서툰 부조 때문에 혼란과 짜증을 오갔을 페가수스에게 괜히 눈치가 보였다. 그래서 준비해 간 사과 간식을 들고 화해를 하러 갔는데, 어째서인지 페가수스는 잘 받아 먹지 못하고 자꾸만 바닥에 떨어뜨렸다.

알고 보니 페가수스는 그날 사과라는 것을 난생처음 본 것이었다. 카리스마 넘치는 외모와 우아한 이름과 다르게 풀만 먹고 살아온 순진한 시골 청년이었다. 옆에서 모듈러는 그런 페가수스를 비웃듯이 사과를 받아먹었고, 페가수스는 약이 올라 모듈러에게 짜증을 부렸다. 나의 말 선생님 둘이서 사과를 두고 티격태격하는 모습이 말도 못하게 귀여웠다.

나는 낙마를 한 횟수에 비해 이상하리만큼 잘 안 다쳤다. 코치님이 보기에 '이번엔 무조건 다쳤다' 싶었던 순간에도 가벼운 타박상만 입었다. 물론 승마도 격렬한 운동인 만큼 항상 부상의 위험이 있다. 혹독한 트레이닝을 하는 선수분들이라면 어디 한 군데씩은 다 고장 나 본 적이 있으셨고, 최악의 경우 낙마 사고로 목숨을 잃는 경우도 있다. 하지만 운동을 하다가 운이 나빠서든, 실력이 부족해서든, 큰 사고가 일어나는 일이 비단 승마에만 해당되는 이야기는 아닐 것이다.

다만 취미 생활 하다가 골병이 나면 안 되겠기에, 낙마할 때 그나마 덜 다치는 방법은 항상 숙지하고 있을 필요가 있다. 우선 낙마의 기본 상식, 땅에 도착할 때까지(?) 절대 고삐를 놓아서는 안 된다. 그 후로도 말이 멈추지 않고 계속 달린다면 그때는 고삐를 놓는 것이 맞다. 하지만 낙마하는 순간에는 고삐가 일종의 밧줄 같은 역할을 하기 때문에 땅에 떨어지는 충격을 줄여 주고, 무엇보다 머리부터 떨어지는 불상사를 막아 준다. 그리고 또 한 가지는 몸에 힘을 푸는 것. 몸이 경직돼 있으면 그만큼 다칠 확률이 높아지기 때문에 낙마가 확정되면 최대한 긴장을 풀고 낙마하는 이 현실을 받아들이도록 한다. 얼마 치 낙마턱을 사야 할까, 이 걱정은 땅에 도착하고 나서 해도 늦지 않다.

사실 낙마할 때는 당황하기도 하고 무섭기도 해서 고삐고 뭐고 아무것도 생각 안 날 수 있다. 그럴수록 고삐만큼 정신 줄도 단단히 붙잡자. 당황스럽기는 말이 제일 당황스러울 것이다. 그냥 하던 대로 했을 뿐인데 어느 순간 갑자기 인간이 바닥에 뒹굴고 있으니까 말이다.

제6장

1년 6개월 차

말을 조금 더 이해하게 되있습니다

No hour of life is wasted that is spent in the saddle.

안장 위에서 보내는 시간 중 쓸모없는 시간은 없다.

- Winston Churchill

말에게도
힐링이 필요해

승마장에는 예전에 마장으로도 쓰였던 것 같지만 지금은 그냥 무성한 잡초밭(?)인 곳을 포함해 여러 개의 야외 마장이 있었다. 가끔씩 말들이 아무런 장비도 하지 않고 마방굴레(*운동, 목욕 등 기승 외에 말을 데리고 다녀야 할 때 사용하는 굴레)만 한 채로 이곳에서 유유자적 풀을 뜯어 먹고 있곤 했다. 일이 많고 스트레스를 많이 받은 것 같았을 때 한 번씩 이렇게 방목을 시켜 준다고 코치님이 설명해 주셨다.

말에게 방목은 그야말로 힐링 타임이다. 한두 마리씩이 아니라 여러 마리가 한꺼번에 나와 두셋씩 무리를 지어 논다. 늙어서 살이 많이 빠진 나이 든 웜블러드도, 어제오늘 계속 단체 손님 태우느라 지친 더러브렛도, 유소년 회원의 장애물 레슨을 도맡아 하는 엘리트 포니도, 사실은 엄청난 고령인데 귀염귀염한 사이즈 때문에 막내라고 오해받는 미니어처 포니도, 저마다 자리를 잡고 풀을 뜯어 먹는 모습이 퍽 평화롭다.

가끔 자기들끼리 치고받고 싸우기도 하고, 매너를 지키지 않으면 말들 사이에서 혼나기도 한단다. 테리우스는 상남자같이 생겨서 정작

옆방 살면서 맨날 투닥거리는 프린스와 테리우스

말 친구들이랑은 잘 어울리지 못하는 의외의 숙맥인데, 그래서인지 유독 사람에게 더 애교를 부렸다.

보통 승마장의 점심시간은 12시부터 2시까지다. 사람도 쉬어야 하지만 말도 밥 먹고 소화시키고 쉴 시간이 필요하기 때문이다. 처음에 몇 번 지각을 했던 나는 이번엔 늦지 말아야지 하는 생각으로 일찌감치 도착했는데, 코치님은 말이 밥 먹은 거 소화시켜야 한다고 좀 기다리라고 하셨다. 약간 벙쪘지만 승마장에서 코치님 말씀은 곧 바이블이니 나는 군말 없이 알겠다고 대답했다.

말이 쉴 시간도 철저히 챙기셨다. 단체 손님이 몰리거나 승마 체험을 하려는 사람들이 예정 없이 들이닥치지 않는 한, 한 타임 레슨 후에는 안장도 곧바로 내려 주고 쉬도록 했다. 특히 더운 여름날에는 샤워도 무조건이다. 사람 말고 말 샤워. 하루는 날도 더웠지만 장애물 레슨을 하느라 말도 사람도 땀범벅이 됐다. 말은 운동 후에 열이 올라오면 몸에서 김이 폴폴 피어난다. 얼굴에는 굴레 모양으로, 등에는 안장 모양으로 땀이 흥건한 채 김을 뿜어내고 있는 녀석을 보면 미안한 마음 반, 사랑스러운 마음 반이 든다. 아까 기승할 때 내가 서툴러서 잘못한 것들이 생각나 미안하고, 그럼에도 열심히 뛰어 줘서 고맙고.

내가 기승하기 전후에 다른 레슨 없이 말에게 쉬는 시간이 주어지니, 그만큼 말과 친해질 시간이 많았다. 승마장에 도착하면 제일 자주 타는 모듈러와 휴스턴, 페가수스에게 차례대로 인사를 하러 갔다. 그러다 보면 몸에 상처가 난 게 보이기도 하고 어쩐지 기분이 언짢아 보일 때도 있었다. 말 표정은 강아지나 고양이에 비해 잘 안 보이긴 하지만 귀를 뒤로 젖히고 있거나 미간을 찌푸리듯이 눈 위에 주름이 잡혀 있으면 100% 기분이 좋지 않다는 신호다. 그럴 땐 '아 오늘 낙마 안 하게 조심해야겠다(?)'라고 미리 마음의 준비를 해야 한다.

모듈러는 마방에 있을 때 대개 90% 이상의 확률로 언짢은 상태인데, 아주 가끔가다 평소랑 다르게 칭얼거리면서 애교를 부리는 날이 있다. 그럴 때면 '드디어 얘가 나에게 마음을 연 것일까' 싶어 괜히 혼자 설레지만 모듈러와의 운동은 결코 쉬운 법이 없다. 그래도 또 보고

싶고 다음번엔 더 잘 타고 싶은, 마라탕 같은 매력의 모듈러였다.

이전 승마장에 있었던 '해피'는 거지같이 구보 사인을 넣어도 잘 뛰어 주고 반동(*말이 걷거나 달릴 때 말 등이 움직이면서 기승자에게 전달되는 충격. 말마다 반동의 크기와 세기가 천차만별이다.)이 편해서 사람들 사이에 인기가 많았다. 그런데 어느 날부터는 해피가 보이지 않았다. 너무 인기가 많아서 나한테까지 차례가 돌아오지 않는 걸까 생각했는데, 아파서 며칠 앓다가 그대로 무지개다리를 건넜다는…… 슬픈 소식을 듣고야 말았다.

해피는 입이 예민해서(*재갈에 전달되는 신호에 민감하게 반응한다는 것) 손힘이 너무 강한 사람들에게는 잘 배정되지 않았다. 나도 기좌(*엉덩이, 허벅지, 종아리 등 말의 몸에 닿는 신체 부위. 기좌가 안정적이면 손

말들도 힐링이 필요하다

따위는 많이 쓸 필요가 없다)보다는 손에 의지를 많이 하는 전형적인 초보였으나 근력 거지라서 그나마 좀 낫다는 이유로 해피를 탈 기회가 많았다.

해피와 운동을 한 날은 구보가 쉽고 편안해서 기분이 좋았지만 해피는 별로 애교도 없고 항상 까칠한 모습이었다. 그래도 간식을 싸 들고 간 날은 사양하지 않고 맛있게 먹어 줘서 참 사랑스러웠다. 이럴 줄 알았으면 좀 더 자주 줄걸. 이제야 조금 말을 이해하고, 반동도 잘 받아 낼 수 있고, 고삐도 더 잘 사용할 수 있게 됐는데. 왕초보 시절 엉망진창으로 탈 때 못살게만 굴고 다시는 만날 수 없는 친구가 돼 버렸다.

마방에서 지치고 예민한 모습으로 나를 물끄러미 쳐다보던 해피가 아직도 가끔씩 생각나 마음이 저리곤 한다.

　아무리 코치님이 말 컨디션과 휴식 시간을 중요하게 여겨도 단체 손님이 몰려오는 날에는 어쩔 수 없었다. 이런 날은 말도 코치님들도 영혼까지 탈탈 털렸다. 감정 기복이 심한 데다 그걸 숨길 줄 모르는 솔직한 모듈러는 단체 손님을 하루 종일 태우고 또 내 레슨까지 뛰어야 했을 때 투정 부리듯 울어 댔다.

　이런 날이 바로 '방목 처방'이 필요한 날이었다. 맛있는 간식과 시원한 샤워는 덤이고.

기승 후
뒷정리 시간이 소중한 이유

언제부턴가 기승이 끝나면 그날 탔던 말들에게 간식을 주는 의례를 하기 시작했다. 내가 탄 말이 아니라도 칼리스토처럼 옆에서 강렬한 레이저를 쏘고 있으면 안 줄 수가 없었다. 특히 밥때가 다 됐을 시간이면 배가 고픈지 한마음 한뜻으로 '우흐흐흥' 소리를 내며 일제히 나를 쳐다봤다. 말들이 기가 세서 승마장에는 귀신이 없다는 이야기가 괜한 소리는 아닌 듯했다.

유난이다 생각은 하면서도 내 자식 먹을 것엔 정성을 아끼지 않는 엄마 성격을 닮아서, 나는 아직 배로 낳은 자식은 없지만 가슴으로 낳은 동물 자식들을 위해 똑같이 유난을 떨곤 했다. 강아지를 키울 땐 무항생제 1등급 닭가슴살을 사서 직접 건조기에 말려 육포를 만드느라 온 집 안을 닭 냄새로 뒤덮기도 했다. 다행히 말은 초식동물이라 사과와 당근을 예쁘게 썰어 담기만 하면 됐다. 하루는 시간이 없어서 썰지 않고 그냥 가져갔는데, 아랑곳하지 않고 와그작와그작 잘만 베어 먹어서 그동안 씨까지 발라 가며 사과를 손질해 갔던 과거의 나를 민망하게 만들었다.

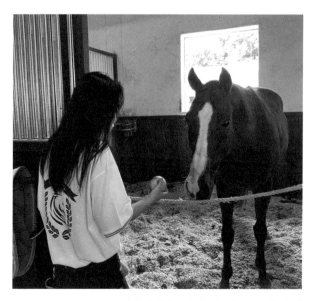

사과 간식의 등장에 집중력 200%가 된 잭

말들이 '아 저 사람 태우고 나면 사과를 먹을 수 있구나' 이런 생각
은 못 하겠지만 힘들게 일하고 오면 맛난 간식이 기다리고 있다는 기
대를 할 수 있으면 했다. 그래서 운동하는 시간을 즐겁고 뿌듯하게
기억할 수 있다면 좋겠다는 바람이었다. 운동하고 난 후에 허겁지겁
후루루챱챱 사과를 받아먹는 녀석들을 보면 그렇게 이쁠 수가 없었
다. 그렇게 나는 점점 더 말 바보가 돼 갔다.

바케호와 친구들은 알자스 언덕에서 하루 종일 풀을 뜯곤 했었다.
손님이 와서 오전 2시간, 오후 2시간, 길면 하루에 5시간 정도 외승을
니가는 시간 외에는 하루 종일 옹기종기 모여 풀을 뜯거나 건초 더미
에 고개를 파묻고 있었다. 심지어 외승 중에도 여유가 될 땐 풀을 먹

도록 놓아 주곤 했고, 일을 다녀오면 고칼로리 사료도 듬뿍 담아 줬다. 언제나 사람 식사보단 말 식사가 먼저였다.

"초식동물인데 이 정도 덩치를 유지하려면 하루 종일 먹어야 해요."

말들은 원래 이렇게 하루 온종일 먹느냐는 내 질문에 알자스 승마학교 직원은 이렇게 대답했다. 생각해 보면 당연한 사실이었다. 몸무게는 나보다 10배 이상 나가는데 칼로리가 낮은 풀이 주식이니, 먹어야 하는 양이 많아야 하는 것이다. 게다가 운동량도, 유지해야 할 근육량도 나보다 많을 것임에 틀림없었다. 초식동물들은 풀만 먹어도 근육을 만들 수 있는 생물학적 능력을 갖고 있다 한다. 소가 4개의 위로 되새김질을 하면서 그 능력을 발휘한다면, 말은 양으로 승부하는 타입이다.

그러니 풀만 보면 환장하고 달려든다고 구박할 일이 아니었다. 많이 먹어서 살이 찌는 것은 게으른 인간들에게나 해당되는 이야기였다.

가끔은 내가 직접 말을 씻겨 줄 기회가 있었다. 승마장이 너무 바빠서 코치님들이 말 씻겨 줄 시간이 없을 때, 혹은 너무 바쁘지 않아서 내가 느릿느릿 샤워를 시켜 줘도 괜찮을 때. 말 샤워는 마치 손 세차를 하는 기분이었다. 자꾸 움직여서 물이 나오는 호스를 밟아 대고, 얼굴에 물을 뿌려 주면 좋아서 입을 날름거리는 것만 빼면. 평소와 다른 인간이 샤워를 시켜 주는 게 이상했는지, 모듈러는 자꾸만 고개를 돌려 나를 바라봤다.

까칠이 모듈러가 갑자기 귀염둥이가 되는 샤워 타임

말 샤워의 제일 중요한 원칙은 심장에서 먼 쪽부터 시작해야 한다는 것이다. 사람도 찬물에 들어갈 때 손발부터 서서히 담그는 것과 같다. 당연한 얘기 같지만 처음 말 샤워를 시켜 줬을 때 별생각 없이 말의 목과 가슴부터 냅다 씻기려고 하다가 말 심장마비 걸리게 할 뻔했었다. 뒷다리 열기를 잘 식혀 주는 것도 중요했다. 특히 엉덩이에 땀이 잘 차기 때문에 꼬리를 들고 안쪽까지 시원하게 씻어 주는 게 좋다. 모듈러는 만족스러운지 고개를 마구 끄덕였다. "그래그래, 바로 거기예요!"라고 말하듯이.

마지막으로 얼굴에 물을 뿌려 주면서 세수를 시키고 호스에서 나오는 물을 그대로 받아 마실 수 있게 각도를 맞춰 준다. 그럼 어떤 친구는 혀로 할짝이면서, 어떤 친구는 이빨 사이로 빨아들이면서 각자만의 방식으로 물을 마셨다. 날씨가 더운 날에는 세수를 별로 좋아하지 않는 아이도 얌전히 물줄기를 맞으면서 열을 식혔다. 까칠이 모듈러도 샤워를 마치면 물에 쫄딱 젖은 채 눈을 꿈벅꿈벅하며 귀여움 천재로 거듭나곤 했다.

그대로 마방에 넣어 줬다가 톱밥 가득한 바닥에 구르기라도 하면…… 생각하기도 싫은 일이 벌어진다. 때문에 먼저 유리창 청소하는 것처럼 생긴 도구로 몸에 묻은 물기를 짜 주고, 수건으로 얼굴과 발목 뒤쪽 움푹 들어간 부위까지 꼼꼼하게 닦아 준다. 물론 물기가 다 마른 다음에라도 마방에 들어가자마자 바닥에 드러누워 구르고 있으면 탄식이 절로 나오지만, 개운하고 기분 좋아서 뒹굴거리는 이 500kg짜리 아이를 어찌 사랑하지 않을 수가 있을까.

기승이 끝나면 샤워를 포함한 뒷정리도 다 내가 해야 하는 거라고 알자스에서 일주일 동안 배웠지만, 한국에 돌아와서는 잘 실천이 되지 않았다. '기승자가 직접 한다'는 분위기가 없다 보니 내가 하고 싶으면 적극적으로 나서야 하는데 그게 참 어려웠다. 코치님보다 시간이 배로 걸려서 약간 눈치가 보이기도 했다. 아무리 거금의 기승료를 냈다 해도 말 앞에서는 한없이 작아지는 나 자신이었다.

그래도 점차 '제가 할래요!'라고 용기를 내기 시작했던 건, 기승 준비와 마무리를 직접 하면서 말들과 보내는 시간이 즐거웠기 때문이다. 전에는 솔직히 귀찮고 힘든데 기승자가 직접 하는 게 국룰이라고 하니까 마지못해 따라 한 것도 없지 않았다. (게다가 알자스에서는 기승 정리를 마치기 전엔 사람 밥을 주지 않았다……!)

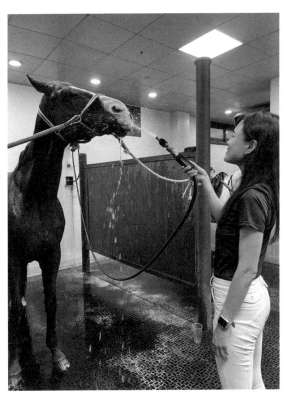

운동 후 마시는 물이 꿀맛이지

　그런데 이제는 이 시간이 더 소중하게 느껴졌다. 운동을 마치고 나서도 바로 집에 가기보다는 말과 더 시간을 보내고 싶었다. 안장도 굴레도 빨리 벗겨 주고, 사과도 주고, 목욕도 시켜 주면서 힘든 운동을 함께 해낸 것에 보상을 듬뿍 줘야겠다 생각했다.

　전보다 더 어려운 운동을 함께 해내면서 우리가 '한 팀'이라는, 그런 생각이 들기 시작했던 것이다.

몽골로
떠나다

몇달 전 겨울부터 동호회에서 벼르던 일정이 있었다. 다름 아닌 동호회 첫 해외 외승. 파리도, 알자스도 다 너무 좋았지만 워낙 비용이 많이 들었던 탓에 한동안은 또 외국 나갈 생각을 접고 있었다. 그리고 이제는 외승보다 실력을 좀 더 갈고닦는 게 재밌기도 했다.

그래서 동호회 팀장님이 몽골로 외승을 간다고 했을 때 나는 약간 시큰둥했다. 유럽만 좋아라하는 사대주의적 여행 취향도 한 몫 했다.

그럼에도 이번 여행에 동참하기로 한 것은 다른 사람들과 함께 말을 타는 즐거움, 그게 그리웠기 때문이다. 개인 레슨을 받으면서 실력도, 아는 것도 많이 늘었지만 이걸 누군가와 나누지 못한다는 건 조금 아쉬웠다. 그리고 사실은 동호회 안에서도 점점 마음을 털어놓을 사람이 줄어 간다는 것을 느끼는 중이었다.

나는 또, 나 혼자만 먼 곳으로 달려가고 있는 것 같았다.

몽골은 인천에서 불과 3시간 거리였다. 비용도 유럽에 비하면 매우 저렴했다. 공항에 우리를 마중 나온 가이드는 한국인인가 싶을 정

처음으로 동호회 사람들과 함께 떠난 해외 외승

도로 우리나라 말을 잘했다.

"안녕하세요, 저는 예@#$%$@^#$진@#$%이에요."

"……네?"

"너무 어렵죠? 그냥 예진이라고 불러 주세요."

몽골 사람들의 친숙한 외모와 유창한 한국어에 비해 그들이 쓰는
언어는 매우 이질적이었다. 글자도 낯설었지만 무엇보다 발음이 어려
웠다. 그래도 어딜 가든 '고맙습니다' 정도는 그 나라 말을 알아 두면
갑자기 '위 아 더 월드'가 되는 마법을 경험할 수 있다. 도도하게 생긴
외국인이 '캄쌰함늬다!'라고 인사하면 왠지 기특하게 느껴지면서 뭐
하나라도 더 알려 주고 싶어지듯이.

"바얄라(고맙습니다)."

그렇게 해서 배운 생존 몽골어. 마지막에 물결 표시 느낌을 살려서 말하는 게 포인트다. 고맙습니다 인사는 한국어가 너무 자연스런 가이드들이 옆에 있어도 참 쓸 일이 많았다. 기사 아저씨가 차에서 내 짐을 내려 주실 때, 식당 종업원이 내가 주문한 식사를 가져다 줄 때, 승마 가이드가 내 말을 잡아 줄 때 등등. 정작 한국에서는 박하게 쓰는 표현인 것 같은데, 외국 나오면 갑자기 동방예의지국 모드가 되곤 한다.

이번 승마 여행은 패키지 투어였다. 물론 일정의 대부분이 '몽골의 초원을 질주', '어제와 다른 코스로 질주', '지금까지와는 확연히 다른 코스로 질주' 이런 식이긴 했다. 식사도, 숙소도, 이동하는 교통편도 여행사에서 준비해 주는 대로 즐기기만 하면 됐다. 오랜만의 패키지 투어는 참 편리했다. 날씨 말고는 걱정할 게 아무것도 없었지만 편리함을 얻은 대신 선택권과 자유는 극히 적었다.

패키지 투어가 가진 극강의 장점을 최악의 단점으로 바꿔 놓은 변수가 하나 있었으니, 바로 여행사 사장님이었다. 물론 사장님은 친절하고 좋은 분이셨다. 문제는 자꾸 잘못된 정보를 굉장히 자신 있게 알려 주신다는 거였다. 마치 인간 챗GPT 같았다.

다 좋았던 몽골 여행을 힘들게 한 한 가지가 바로 날씨 예측을 완전 잘못한 것인데, 이게 다 사장님 때문이었다. 분명 여행사 사장님이 '반팔 입을까? 긴팔 입을까?' 하는 날씨라고 하셨지만 현지에 와 보니 반팔이고 긴팔이고 일단 되는 대로 다 껴입어야 하는 상황이었다.

그런데 그건 사실 사장님도 좀 억울하실 수도 있다. 왜냐하면 그동안 몽골이 가뭄으로 굉장히 고생하고 있었는데 우리가 오자마자 비가 억수같이 퍼붓기 시작했던 것이다. 몽골에 오기 전까지 동호회 내에서 합리적 의심을 하고 있었던 '팀장님 비 요정설'은 이후 확신으로 바뀌었다. 팀장님과 외승을 가면 그렇게 비가 오는 날이 많았다.

이 이야기를 들은 몽골 사람들이 팀장님을 좀 빌려 달라고 했다. 초원에 한 한 달만 묶어 두고 싶다고, 밥은 꼭 챙겨 드리겠단다. 연일 비 소식에 말 타러 온 우리는 좀 우울했지만, 몽골에 비 은혜를 내렸으니 마음만은 뿌듯했다(?).

폭염에 시달리고 있던 한국 사정은 말 그대로 남의 나라 이야기고, 우리는 연일 추위와 사투를 벌였다. 첫날은 게르가 아닌 캠핑을 하기로 계획돼 있었다. 게르보다 좀 더 몽골의 대자연(!) 속으로 들어가 물 아일체(?)를 경험할 수 있다는 게 '하루쯤은 캠핑'을 추천하는 이유였다.

'하루쯤은'이라는 단서가 붙었듯이, 화장실도 샤워실도 없고 정말 자연인으로 하룻밤을 보내게 된다는 것이 사장님의 (또 잘못된) 정보였다. 캠핑장 침낭이 더럽고 별로 좋지 않으니 개인 침낭을 챙겨 오라고 하셔서 이미 승마 장비로 터질 듯한 캐리어에 침낭까지 욱여넣어 가져갔다.

하지만 도착해서 본 캠핑장 풍경은 예상과 많이 달랐다. 여긴 경기도 어디쯤에 있는 캠핑장인가 싶었다. 깔끔한 텐트, 나름 구색은 갖춘 화장실, 완벽한 배식 시스템까지. 자고로 캠핑의 꽃은 바비큐가 아니었던가. 그런데 식사는 어딘가 다른 곳에서 준비해 와 캠핑장 손님들

몽골 도착한 지 이틀 만에 본 파란 하늘과 무지개

에게 배급(?)을 했다. 양도 정량만 가져오는지 조금 더 먹으려고 보면 금세 동이 나고 없었다. 그리고 어이없게도 매우 괜찮은 퀄리티를 자랑하는 침낭을 빌려주고 있었다.

그렇게 몽골에서의 첫날은 약간의 어리둥절함과 함께 고급 난민촌 같은 곳에서 맞이하게 됐다.

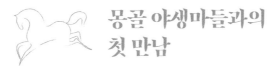

몽골 야생마들과의
첫 만남

내가 '하루쯤은 캠핑'에 선뜻 동의했던 건 예전에 이집트 여행에서 하루 다녀온 사막 투어가 정말 좋았었기 때문이다. 이 넓은 지구상에서 좋다는 곳, 유명한 곳 많이도 가 봤지만 이집트 사막 투어는 탑5 안에 든다. 텐트는커녕 하늘을 가릴 천막도 하나 없었다. 여자화장실은 저어쪽 풀숲, 남자화장실은 이이쪽 바위 중에 아무거나, 이런 식이었다. 현지 아저씨들이 정성스레 훈제로 요리한 양고기 바베큐, 얼음같이 시원한 맥주, 5분에 한 번씩 떨어지는 별똥별, 그리고 새벽 3시에 끓여 먹은 라면까지. 모든 게 완벽했다.

사막에서 맞이했던 그 밤, 나는 하늘에 펼쳐진 은하수를 보았다. 모래를 침대 삼고 밤하늘을 이불 삼았던 꿈 같은 하룻밤이었다.

몽골에서도 그것과 비슷한 경험을 하게 될 것이라 기대했었다. 그런데 생각보다 너무 최첨단(?) 캠핑 시설에 안도감보단 실망감이 더 컸던 것이다.

비가 계속 내리면서 기대했던 별도 안 보이고 아무것도 할 수 있는 게 없었던 우리는 천막 안에서 할리갈리와 원카드를 하며 시간을 보냈다. 극강의 J가 한 분 있어서 한국에서부터 보드게임 뭐 가져갈까요, 고민하더니 그 계획성이 빛을 발했다. 할리갈리도, 트럼프 카드도 백만 년 만에 보는 추억의 물건들이었다. 말 타느라 바빠서 그런 게임을 할 시간이 언제 있을까 싶었는데, 부루마블을 가져와야 했었나 후회를 했다.

처음 한두 시간은 모처럼의 아날로그 게임에 즐거워했다. 나는 참 할리갈리에 소질이 없었다. 승마를 하면서 '나는 바보인가?' 하는 자기 성찰의 시간을 많이 가지게 되는 것 같다. 말 위에서건, 땅 위에서건.

하지만 다음 날 아침까지 잉여로운 시간이 계속되자 스멀스멀 불만이 터져 나왔다. 우리가 왜 몽골까지 와서 이런 경기도 캠핑장 같은 데 앉아 할리갈리나 하고 있어야 하는지 점차 언짢음이 밀려왔던 것이다. 캠핑을 하게 되면서 원래 계획했던 것보다 말 타는 시간이 조금 줄었다는 사실이 새삼 문제가 됐다. 캠핑장을 오고 가는 거리 때문이었다. 처음 그 이야기를 들었을 땐 '뭐 그럴 수도 있지'라고 대수롭지 않게 넘겼다. 그때는 몽골에 도착한 지 얼마 안 돼서 모든 게 신기하고 새로워 한껏 업된 상태였지만, 지금은 챗GPT 사장님에게 몇 번 속은 다음이라 관대함의 수치가 많이 내려가 있었다.

우리는 그냥 빨리 말 목장이 있는 게르로 출발하자고 이야기했다. 점심도 그쪽에 도착해서 먹겠다고 했지만 캠핑장에서 점심까지 먹도록 다 정해져 있어서 바꿀 수가 없는 상황이었다. 그럼 점심을 조금만 일찍 먹자고도 해 봤지만 요리를 어딘지 모를 다른 데서 가져오는 거라 그것도 여의치 않았다. 처음엔 조용하던 사람들이 불만을 터뜨리

예상과 많이 달랐던 캠핑장 급식소

기 시작하니 사장님은 자꾸 떡밥만 던지고 사라지셨고 가이드들은 그 걸 수습하느라 바빴다.

우리는 다 필요 없고 말 좀 태워 달라며 징징거리기 시작했다.

힘들 줄 알았지만 오히려 이번 여행의 하이라이트가 됐던 건 음식 이었다. 사장님이 몽골 음식은 오로지 고기, 고기, 고기뿐이고 쌀밥은 어쩌다 한 번씩 먹는 특식이라고 했었다. 하지만 사장님 피셜로 나온 다른 모든 정보들과 마찬가지로 이것 역시 사실이 아니었다. 쌀밥은 한국에서보다 더 잘 챙겨 먹었던 것 같고, 김치는 원래 이 나라 음식 인가 싶을 정도로 끼니마다 항상 나왔다. 캠핑장 오기 전에 들른 마트 에서 김치를 쓸어 오다시피 사 왔는데 한국으로 역수입해서 가져가야 할 판이었다.

특히 '우유차'라고 불리는 몽골식 밀크티가 특별했다. 날씨도 너무 춥고 매일 밤 오늘이 마지막 여행 날이란 듯이 술을 마셔 댄 우리에게 딱 필요한 처방이었다. 몽골 말로는 '수테차'라고 하는데 난 우유차라는 이름이 더 좋았다. 약간 90년대 커피 자판기에서 사 먹을 수 있었던 분유 맛 우유를 연상시키는 이름이었다. 하지만 맛은 전혀 달랐는데, 뭐랄까, 사리곰탕 국물에 설탕을 넣는다면 이런 맛일까. 신기하게도 몽골은 고기 요리가 아닌 음식에서도 고기의 풍미가 느껴졌다. 우유에서도, 빵에서도, 감자볶음에서도.

캠핑장에서 맞이한 둘째 날 아침에는 직접 만든 요거트가 나왔다. 아무 첨가물도 들지 않은 진짜 생 리얼 요거트였다. 현지인들은 잼이며 꿀을 같이 주면서 넣어 먹으면 더 나을 거라고 했다. 나는 평소에도 설탕이 들지 않은 플레인요거트를 좋아하기 때문에 쿨하게 거절했지만 그건 큰 실수였다. 도대체 내가 그동안 먹어 왔던 '무첨가' 요거트는 무엇이었던 걸까. 누구는 상한 우유 같다고 표현하기도 했는데 내가 느낀 맛은 막걸리에 가까웠다. 설탕을 전혀 넣지 않은 순수한 막걸리. 그런데 꾸덕꾸덕한. 그리고 참 신기하게도, 요거트에서도 고기 맛이 났다.

몽골에서 먹기 힘들었던 건 의외로 신선한 야채와 과일이었다. 대초원의 나라니 널린 게 풀일 텐데 도무지 식탁에 생야채가 등장하는 법이 없었다. 가끔 오이가 나오기도 했지만 장식용인지 먹으라고 준 건지 헷갈리는 사이즈였다. 몽골인들에게 야채란 동물들의 먹이일 뿐인 걸까. 최상위 포식자인 인간은 풀 따위 먹을 수 없다는 걸까.

세상 모든 풀을 나물로 해 먹을 수 있는 한국인으로서 참 신기하게

말 태워 주니 그제야 표정이 밝아진 동호회 사람들과 나

느껴지는 식문화였다.

둘째 날 오전도 할리갈리와 원카드로 시간을 보내고, 드디어 말을 탈 수 있는 게르로 출발했다. 여전히 비가 오고 있었지만 상관없었다. 한시바삐 이 경기도 캠핑장에서 벗어나 말이 있는 곳으로 가고 싶었다. 비를 맞으면서라도 말을 타고 싶었다.

출발한 지 2시간쯤 지났을까. 우리가 앞으로 4일 동안 지낼 게르에 도착했다. 이 역시도 예상과 많이 달랐다. 최신식 게르라고 알고는 있었지만 이건 게르라기보다 게르 모양의 호텔에 가까웠다. 쾌적한 숙소 환경에 감탄하는 것도 잠시, 서둘러 승마 복장으로 갈아입고 꿈에도 그리던 말들을 보러 나섰다.

몽골 야생마들과의 첫 만남이었다.

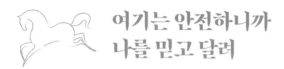

여기는 안전하니까
나를 믿고 달려

사람들이 흔히 잘못 알고 있는 사실인데, 이 세상에 진짜 야생에서 태어나고 야생에서 생활하는 '순수 야생마'는 없다. 말은 사람들에게 길들여지고 보살핌을 받아 생존해 나가는 것이다. 우리가 야생마라고 부르는 말들도 그렇게 가축으로 살다가 다시 야생으로 돌아간 경우들이라고 한다.

몽골 야생마들도 마찬가지다. 울란바토르에 도착해 시내를 빠져나간 후부터 계속 보이는 풍경은 드넓은 초원과 그곳에서 살고 있는 말, 소, 양, 염소들의 무리였다. 이들 모두 자연을 떠도는 자유로운 영혼이 아니라 엄연한 주인이 있는 가축들이었다. 말은 뒷다리 쪽에 주인이 누군지 알아볼 수 있는 낙인이 찍혀 있다. 우리처럼 외승 관광객이 찾아오거나 어떤 이유에서건 말이 필요한 일이 생기면 그 넓은 초원에 있는 수십, 수백 마리 말 중에 자신의 말을 찾아 데려온다. 평생을 함께한 말들이니 주인이라면 한눈에 알아보는 것일 테다.

하지만 '야생마'라고 불리는 데는 그만한 이유가 있었다. 아무리 사람 손을 탔다고 하지만 언제든 야생성이 깨어날 수 있는 상태라는 것이다. 초원에서 자유롭게 지내도록 풀어 두고 3개월 정도가 지나면 길들여지기 전 수준으로 되돌아갈 수도 있다고 했다.

승마장에서 초보들을 태우느라 지치고 망가진 말들도 야생으로 돌아간다면 예전의 모습을 찾을 수 있는걸까, 궁금해졌다.

우리를 이끌어 줄 승마 가이드는 목장의 작은 주인, 철수였다. '작은 주인'이란 건 목장 주인의 아들이라 그렇게 부르는 것이고, 철수는 한국어를 배우면서 지은 한글 이름이었다. 철수의 원래 이름은 투@#$크@#$%#몬인데, '꺼지지 않는 불꽃'이란 뜻이라고 했다. 뜻이 너무 멋있어서 본명을 부르고 싶었지만 발음도 잘 안 되고 철수란 이름이 왠지 찰떡같이 어울렸다. 그리고 철수 친구이자 승마 가이드 아르바이트를 하러 온 '따기'가 함께했다.

철수와 따기가 타는 말은 손님들에게는 주지 않는, 아직 야생성이 많이 남아 있는 아이들이었다. 말에 오를 때도 사람을 태우지 않으려고 끝까지 반항을 하는데, 그러거나 말거나 철수는 순식간에 말을 제압했다. 그럼 말은 또 언제 그랬냐는듯 세상 순둥이가 된다. 그러다가도 휴식 시간 이후에 다시 타려고 하면 순순히 등을 내어 주는 법이 없었다. 마치 오랜 소꿉친구가 서로 대장질하려고 투닥거리는 모습 같았다.

이들 앞에서는 동호회 코치님도 영락없는 승린이 신세였다. 사실은 말을 타는 방식이 다르기 때문인데, 그래도 코치님이 말 타느라 쩔쩔매는 모습을 보는 건 꿀잼이었다. 한국에 있는 무서운 코치님들 모두 몽골 야생마를 한 번씩 태워 드리고 싶다는 생각을 했다.

탈출한 말 잡으러 가는 철수네 삼촌

하루는 말 한 마리가 우리를 탈출해 철수의 삼촌이 말을 잡으러 가는 추격전이 펼쳐졌다. 그날도 비가 추적추적 내리고 있었는데, 철수 삼촌은 안장도 올리지 않고 맨몸으로 말을 타고 있었다. 아마 말이 탈출하니까 급하게 아무 말이나 잡아타고 간 것 같았다. 거의 다 따라잡았을 때 말 목을 향해 올가미를 겨냥하고 던졌지만, 그만 말 엉덩이에만 맞고 놓치고 말았다. 탈출한 말은 놀라서 더 스피드를 올렸고 철수 삼촌과 함께 언덕 너머로 사라져 버렸다.

나중에 전해 들기로, 결국 말 무리를 전부 풀어서 그 속에 섞여 들게 한 후 다시 잡아 왔다고 한다. 말이나 사람이나, 다들 보통이 아니었다.

'작은 주인' 철수를 따라 무리 지어 다니는 말들

　이곳 말들은 항상 모여서 다니길 좋아했다. 한국에서나 알자스에서나 외승을 나가면 한 줄로 열을 맞춰 가는 게 일반적이었는데, 몽골은 옆으로 나란히 붙어서 갔다. 사람들이 의도한 게 아니라 말들이 그렇게 가고 싶어 했다. 특히 작은 주인 철수 옆자리는 항상 인기 만점이었다. 내가 탔던 '회색 말'은 다른 말이 그 자리를 차지하고 있어도 굳이 옆을 비집고 들어가곤 했고, 철수와 조금 떨어지게 되면 금세 발걸음이 다급해졌다.(*몽골에서는 말 이름을 따로 짓지 않고 외모 특징에 따라서 '이마에 흰색 별'. '다리에 까만 무늬' 이렇게 부른다고 한다. 아마 말이 너무 많아서 그런 것 같다.)

　관광객을 태우고 있는 말이건, 자유롭게 방목 중인 말이건, 말은 항상 무리를 지어 다녔다. 그건 말의 천성이었다. 그리고 무리에는 항상 리더가 있다. 말 무리의 리더는 어디에 먹을 풀이 많고 어디가 위험한지 주변 지형을 잘 알아서 다른 말들에게 알려 주고 이끄는 역할을 한다. 우리 무리의 리더는 바로 철수였다. 사람뿐만 아니라 모든 말들이 철수를 믿고 따라 움직이고 있었다.

철수는 동호회 사람들이 가장 좋아하는 '질주 타임'을 결정하는 권한도 갖고 있었다. 안전하게 달리기 좋은 장소가 어디인지 알고 말들이 너무 힘들지 않도록 페이스 조절에도 신경을 쓰는 것이다. 신나게 달릴 수 있는 구간에 도착하면 철수가 몸을 약간 낮게 숙이면서 말들을 향해 휘파람을 불었다. 그러자 말들이 일제히 속력을 올려 달리기 시작했다. 철수의 휘파람에는 이런 의미가 담겨 있다고 한다.

"여기는 안전하니까 나를 믿고 따라 달려도 돼."

몽골에 온 지 둘째 날 저녁이 되자 날이 개며 하늘에 커다란 무지개가 뜨더니, 다음 날은 쏟아지는 햇살 아래서 말을 타는 호사를 누릴 수 있었다. 비가 내릴 때도 몽골의 대자연은 절로 감탄사가 나오는 풍경이었지만 맑은 하늘 아래에서는 더 눈부셨다. 드넓은 초원에 산과 강, 숲, 그리고 동물들의 무리가 조화를 이루며 각자의 자리를 잡고 있었고, 드문드문 유목민들의 게르가 조약돌처럼 놓여 있었다. 마치 판타지 게임 속 컴퓨터 그래픽으로 정교하게 계산돼 만들어진 장면들 같았다.

이렇게 가까운 곳에, 이렇게 아름답고, 이렇게 말 타기 좋은 곳이 있었다니. 왜 이 세상 이름난 외승지를 다 모아 둔 해외 사이트에 몽골리아가 당당히 이름을 올려 놓고 있는지, 왜 말 탈 곳 많은 유럽 사람

들이 몽골까지 찾아와서 말을 타는지 그제야 알 것 같았다.

우리 일정 중 유일하게 비가 오지 않았던 그날, 중간에 게르로 돌아오지 않고 점심 피크닉까지 하는 긴 코스를 다녀왔다. 1시가 넘어가자 배가 고파진 우리는 또 밥을 달라고 징징거리기 시작했다. 뱃가죽이 등에 붙을 것 같다며 투덜거리는 사이 어느 냇가에 도착했는데, 오감을 자극하는 익숙한 음식 냄새가 풍겨 왔다. 설마……?

오 세상에, 가이드 한 분이 미리 와서 자리를 잡고 삼겹살을 굽고 계셨다……! 게다가 옆에서는 라면을 끓일 물을 준비하고 있었고, 고기가 익을 때까지 에피타이저로 먹으라며 김밥을 주셨다. 김밥도 엄마가 소풍날 싸 주신 것 같은 제대로 된 김밥이었다. 한국인의 영혼 음식 3종 세트를 몽골 초원 한가운데서 영접한 것이다.

그러고 보면 사장님 말이 완전 틀린 건 아니었다. 몽골에서 먹는 고기가 한국식 삼겹살일 수 있고, 쌀밥이 귀한 대신 신라면을 먹을 수 있고, 특식으로 김밥이 나올 수 있다고 말하지 않으신 것뿐.

"사장님은 잘 모르세요. 그냥 저희한테 물어보세요."

챗GPT 사장님에도 불구하고 이 여행사 평점이 좋은 이유가 있었다. 그날 몽골 초원의 작은 시냇물가에서 벌어진 삼겹살 파티는 전날 캠핑의 아쉬움을 한 방에 날려 버리기에 충분하고도 남았다.

누구 하나 낙마하는 사고 없이 일정을 모두 마무리한 우리는 마음 한편에 뿌듯함과 기대를 안고 작은 주인 철수에게 물었다. 보기에 우리 실력이 어느 정도 되는 것 같냐고. 철수는 잠시 망설이더니 이렇게 대답했다.

"여기에 왔던 다른 한국인들보다는 잘 타는 편이지만, 말과 교감하려는 노력은 부족했던 것 같다."

철수가 말하는 '말과 교감하기'는 간식을 주고, 쓰담쓰담해 주고, 뭐 그런 게 아니었다. 지금 말의 기분과 상태를 살피고 그에 보조를 맞춰 주는 것이다. 우리는 그걸 잘 하지 못했다.

그래도 한 가지 칭찬받았던 건 내가 탔던 말이 이번에 장거리 외승 코스를 처음 나온 것이었는데, 끝까지 잘 이끌고 왔다는 점이었다. 그제야 나는 나의 회색 말이 왜 지금 더 빨리 달리지 못하는지, 왜 앞으로 나아가는 걸 망설이는지, 왜 다른 말들보다 강을 건너다 도중에 멈춰 서서 물을 마시는 일이 많았는지, 이해할 수 있었다. 그리고 더 세심하게 챙기지 못한 게 아쉽고 미안했다.

처음 장거리 외승을 나왔던 나의 회색 말. 수고했어! 고마워!

말이 달리는 건 신나서가 아니라 생존을 위해서인 경우가 더 많다는 것을 우리 인간들은 모른다. 지금 내가 달리는 것이 신나고 즐거우니 말도 그럴 것이라고 쉽게 착각할 만큼 어리석다. 파리에서 만난 부티도, 알자스 말 남친이었던 바케호도, 정말 신나서 달린 것이었을까. 나만큼 그 아이들도 행복했을까. 그 어리석음을 온전히 감내하는 건 다름 아닌 말들이라는 사실이 새삼 가슴 시리게 다가왔다.

안장 위에서
보내는 시간

"안장 위에서 보내는 시간 중 쓸모없는 시간은 없다."

윈스턴 처칠이 한 말이다. 그 역시 말 바보였다. 말을 타는 데 대부분의 여가 시간과 돈을 쓰는 나 자신을 죄책감으로부터 구해 내는 위대한 명언을 남기셨다. 주변 사람들도 '네가 말을 타지 않았다면 그 돈을 다 술 마시는 데 쓰지 않았겠냐'며 나의 취미 생활을 응원해 주곤 한다.

물론 그들의 말이 다 맞다. 취미로 승마를 한 2년의 시간 동안 나는 승마를 하지 않았다면 몰랐을 많은 것을 보고 느꼈고, 책을 썼으며, 술이 줄었는지는 모르겠지만 확실히 술값은 덜 쓰게 됐다. 그리고 무엇보다 기초대사량이 대폭발하며 건강해졌다.

내가 앞으로 어떤 일을 하며 살아야 할지, 그 길을 제시해 준 것도 바로 그 '안장 위에서 보낸 시간'이었다.

어느 날부터 나의 SNS 피드는 온통 말에 관련된 게시물로 도배되기 시작했다. 그중에서 최근에 등장하기 시작한 키워드는 '경주 퇴역

트라우마가 생겨 버린 경주 퇴역마 진주,
외승지에서 혹사당해 심신이 망가진 티파니,
기승순치가 안 돼서 승용마가 되지 못한 알로에.
이들의 다음 목적지가 도살장이 돼야 하는 이유는 없다

마'였다. 단 몇 년간의 경주마 시절을 보내고 실적이 나쁘다는 이유로 퇴출돼 도축 위기에 놓인 말들, 운이 좋아 다른 승마장으로 가더라도 혹독한 노동만을 견디다 또다시 도축장으로 팔려 가는 말들. 심신에 깊은 상처를 입고 마음의 문을 닫아 버린 말들. 그리고 그런 말들에게 새 삶을 주고자 애쓰는 사람들의 이야기였다.

우리나라 경주 퇴역마의 현실을 처음 알고 그에 대한 사실들을 찾아보게 되면서 나는 경악을 금치 못했다. 매년 천 마리 이상의 말들이 경마장에서 퇴출돼 쏟아져 나오지만, 모두가 좋은 주인, 좋은 코치를 만나 훌륭한 승용마로 거듭나는 건 아니었다. 외승지에서 달리기만 죽어라 하다가 상처투성이가 돼 버려지기도 하고, 드라마 촬영장에서 무리한 장면을 찍다가 짧은 생을 마감하기도 했다. 수억 원이 오가는 화려한 경마장 뒤편에 숨겨진 슬픈 현실이었다.

내가 처음 파리에서 외승을 갔을 때, 부티가 알아서 달려 주니 나는 구보가 원래 이렇게 쉬운 것인 줄 제대로 착각을 했었다. 도대체 왜 승마장에서 코치님한테 혼나 가며 어렵게 구보를 배워야 하는 걸까 생각했었다. 어차피 나는 선수도 아니고, 어디 대회를 나갈 것도 아니고, 가끔 이렇게 외승 나와서 즐기기만 하면 되지 않을까. 외승지에서는 말들이 이렇게나 자유롭고 신나게 달려 주니까.

그게 초보들이 저지르는 대표적이고도 치명적인 오류였다. 말을 타면 탈수록, 배우면 배울수록, 기승자는 많은 책임감을 가지고 말 위에 올라야 한다는 것을 알게 됐다.

나는 내가 7년째 글을 연재하고 있는 시사저널 담당 기자님에게 메일을 썼다. 칼럼 하나만 더 쓰게 해 달라고. 주제는 다름 아닌 말(馬). 그동안은 만나는 사람들마다 승마가 얼마나 즐거운 운동인지 이야기하느라 바빴지만, 이제는 그 즐거움이 어떤 희생과 노력 위에 만들어지는 것인지 알리고 싶었다.

그렇게 우리나라 최초의 말 칼럼, '그런데 말(馬)입니다'가 탄생했다.

어느 날은 장애물 영상들을 보다 신기한 장면을 보았다. 한 선수가 말과 함께 경기를 시작했는데 말이 장애물 하나를 거부하고 말았다. 몇 걸음을 더 가던 선수는 한 손을 들어 기권 의사를 밝혔다. 그러자

현장에 있던 관중들이 일제히 박수를 보냈다.

말이 장애물을 두 번 거부하면 실권이다. 한 번 더 거부하기 전에 미리(?) 기권을 한 것일까. 그렇다면 사람들은 왜 그렇게 박수를 보낸 걸까.

말이 또 장애물을 거부할까 봐 기권을 한다는 건 말도 안 되는 소리다. 그 선수가 경기를 포기한 이유는 단 하나, 말 컨디션이 정상이 아니었기 때문이었다. 말이 장애물을 거부하자 선수는 즉각 말 건강 상태에 문제가 있다는 걸 간파하고, 무리해서 경기를 계속하는 대신 말의 건강을 위해 기꺼이 기권을 선택했다. 관중들은 우승보다 말을 중요하게 여기는 선수의 마음가짐에 박수를 보낸 것이다. 그게 승마의 스포츠맨십이었다.

나는 아직 말의 상태를 정확하게 느끼지 못한다. 코치님이 옆에서 지금 뒷다리 모양이 어떤지, 어깨가 빠지지는 않았는지 등등을 지적해 주고 자세를 수정하도록 알려 주신다. 말이 다리를 절거나 하면 다른 말로 바꿔 주시기도 했다. 지금 나에게 등을 내어 주고 있는 말이 어떤 상태에 있는지 알고 그에 맞는 조치를 취하는 것도 결국은 스스로 할 수 있어야 할 테다.

이게 바로 independently하게 말을 타는 것의 또 다른 의미이자, 철수가 이야기했던 '말과의 교감'이었다.

최근에 말이 주인공인 영화를 봤다. 야생마로 태어나 사람들에게 포획된 그녀는 길들여져서 시합을 뛰기도 하고, 관광 마차를 끌기도 하며, 조난자를 구조하는 일에 투입되기도 했다. 말이 할 수 있는 일이 저렇게나 다양하구나 싶으면서도 어쩐지 안쓰러운 마음에 폭풍 오열을 하며 영화를 보는 동안 와인을 두 병이나 깠다(?).

자연에서 가족들과 자유롭게 살던 야생마가 안장과 재갈을 받아들이고 사람의 필요에 따라 이곳저곳을 전전하게 되는 삶이 마음 아팠던 것 같다. 그것도 말이 살아가기 위해 어쩔 수 없이 감내해야 하는 것일지도 모른다. 그런 가운데서도 말을 도구처럼 생각하고 학대하는 주인보다 아끼고 사랑하는 주인이 더 많았다는 게 다행이었다. 그게 단지 영화 속 이야기가 아니라 실제 현실이기를 바라면서, 나는 나 스스로 납득할 수 있는 답을 찾아야 했다.

우리는 말과 어떻게 공존해야 할지.

승마 꿀TIP_
자세를 효과적으로 교정하는 방법은
무엇일까?

좋은 말을 많이 타 보고, 나와 잘 맞는 코치님과 레슨을 열심히 하고, 질 좋은 장비의 도움도 좀 받으면 실력이 올라가는 건 당연지사다. 그런 방법들이 금전적인 부담이 될 때 조금 더 가성비 좋은 방법은 기승하는 모습을 동영상으로 촬영해 리뷰하는 것이다. 제3자의 눈으로 내가 말 타는 모습을 보고 나면 아마 한동안 충격에서 헤어나지 못할 수도 있다. 그만큼 내 생각과 실제 현실은 격차가 크다.

특히 선수들, 코치님들의 자세와 비교해서 보면 도무지 내 자세는 어디 약간 몸이 불편한 사람처럼 보이기도 한다. 그런 사람을 태우고 있는 말은 더 불편해 보인다. 내 모습을 촬영해서 보거나 혹은 승마장 거울에 비친 모습을 볼 때, 기승자가 아니라 말의 움직임이 어떤지를 보면 지금 자세 어디가 문제인지 좀 더 쉽게 파악할 수 있다. 내가 누군가를 업고 있는데 그 사람이 자꾸 오른쪽으로 몸을 기울인다고 상상해 보자. 그럼 말의 심정이 조금은 이해가 될 것이다.

요즘은 피사체를 자동으로 추적하며 촬영해 주는 짐벌도 있다길래 말 탈 때 쓰면 딱이겠다 싶어서 냅다 질렀지만, 사고 보니 추적할 수 있는 거리가 생각보다 너무 짧았다. 배터리도 많이 소모돼서 그냥 비싼 삼각대로 쓰고 있는 중이다. 스마트워치의 위치를 인식해 따라가면서 촬영해 주는 드론도 있다고 하는데 굳이 그런 것까지 필요 없다. 저렴이 삼각대와 스마트폰, 그리고 자세를 고치겠다는 의지면 충분하다.

제7장

1년 10개월 차

승마 시합에 참가했습니다

There is no secret so close as that between a rider and his horse.

기수와 말 사이만큼 알 수 없는 비밀은 없다.

- Robert Smith Surtees

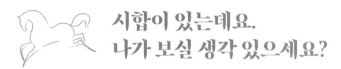

시합이 있는데요, 나가 보실 생각 있으세요?

승마장이 있는 동네가 바다를 끼고 있는 관광지다 보니 날씨가 좋은 계절이면 구경꾼(?)들이 많아졌다. 주기적으로 운동하러 오는 것이 아니라 지나가다 호기심에 들르는 사람들이었다. 그럴 때면 괜히 더 긴장되고 나만 쳐다보고 있는 것 같은 망상병 환자가 되곤 했다.

어떻게 선수들은 그 수많은 관중 앞에서 경기를 치를 수 있는 걸까. 특히 한 명씩 나와서 퍼포먼스를 선보이는 승마나 체조, 피겨 같은 종목들의 경우에는 더더욱 선수들 멘털이 존경스럽기 그지없다. 그것도 몇 년 동안 준비한 것을 단 수 분 안에 모두 펼쳐야 하는 상황에서 말이다.

"승마를 하려면 관종력(?)이 있어야 해요."

코치님이 처음 시합 나갈 때 부끄럽다고 했더니 옆에서 누가 이렇게 말해 줬다고 한다. 그렇다고 내가 시합을 준비할 건 아니었지만 카메라를 들이대며 나를 쳐다보는 사람들 속에서 무사히 말을 타려면 "자! 내가 얼마나 잘하는지 봐라!" 식의 관종적 마인드가 필요했다. 그런데 사실 말과 나 자신에만 집중해도 신경 쓸 게 한두 가지가 아니라 구경꾼의 존재는 금세 잊어버려졌다.

그때까지만 해도 '시합'이란 건 나와는 거리가 먼 이야기였다.

그러던 어느 날, 모르는 번호로 부재중 전화가 와 있었다. 딱히 메시지도 남겨져 있지 않고 급하면 다시 전화하겠지 하고 내버려두었더니, 몇 시간 후 다시 전화가 왔다. 뜻밖에도 코치님이었다.

"회원님, 통화 괜찮으세요?"

그렇다. 개인 레슨을 받기 시작한 지 몇 달이나 지나도록 나는 코치님 연락처도 모르고 있었다. 내가 딱히 낯을 가리지는 않지만 그렇다고 또 붙임성 있는 성격도 아니어서, 만난 시간에 비해 극히 챗봇 같은 대화만 주로 나눴던 것 같긴 하다. 도착하면 "안녕하세요!", 뭐 하라고 하시면 "알겠습니다!", 끝나고 나면 "말 간식 쥐도 되나요?", 집에 갈 때 "다음 주에 뵙겠습니다!" 정도. 생각해 보면 코치님도 츤데레스럽긴 마찬가지였던 것 같은데 코치님은 또 내가 질문도 별로 안 해서 의아하셨다고 한다. 나는 그저 알려 주시는 걸 따라 하기에도 급급해서 질문씩이나 할 처지가 못 됐던 것뿐이었다. 다른 초보들은 대체 뭘 질문하는 건지 그게 궁금했다.

말은 안 했지만 '이 사람이 얼마나 꾸준히 올까?', '나 지금 제대로 배우고 있는 거 맞나?' 서로 그런 생각을 하고 있었던 게 아닐까. 하지만 승마장 공식 비수기로 꼽히는 겨울이 돼도 주말 아침마다 꼬박꼬박 열심이었던 덕분인지, 나도 모르는 사이에 실력도 많이 늘고 그만큼 사라질 뻔했던 승마에 대한 흥미가 되살아났다. 승마에 푹 빠져 지내는 동안 승마장을 오가는 많은 사람들을 봤지만 꾸준히 하는 사람은 참 드물었다. 꾸준함을 이기는 재능은 없다는 말, 누가 처음 한 건진 몰라도 진짜 맞는 말인 것 같았다. 그러면서 코치님도 나도, 츤데레스럽던 마음의 벽을 조금씩 허물어 갔던 게 아닌가 싶다.

어쨌든 이 감격스런 첫 전화 통화의 용건은 이거였다.

"5월에 시합이 있는데요. 나가 보실 생각 있으세요?"

언제인가 승마장 코치님들이 시합 이야기를 꺼내신 적이 있었다. '시합'이라는 단어가 마음을 설레게 했지만 '에이 내가 무슨'이란 생각이 곧바로 그 설렌 마음을 덮어 버렸다.

"제가 시합을 나갈 수 있어요……?"

"올해는 안 될 거고, 아마 다음에?"

그렇게 영원히 일어나지 않을 것만 같았던 꿈 같은 일이 실제로 다가온 것이었다. 처음에는 코치님 혼자 나갈 계획이었는데 기왕 나가는 거 회원들도 몇 명 데리고 가자, 이렇게 됐다고 한다. 그 '몇 명'에 내가 낄 수 있다는 게 감개무량하면서도 막상 눈앞에 닥친 현실에 걱정이 앞섰다. 아직 나는 속보도 불안정하고 구보 자세도 엉망이었으며 장애물 레슨은 했다 하면 하루가 멀다 하고 낙마를 하는 총체적 난국 속에 있었다.

또 문제는 시합 비용이었다. 자마(*본인 소유의 말)가 있지 않는 한 시합을 나가려면 일단 말을 빌려야 하는데 그 가격이 제법 세다. 말을 사는 것보다야 싸겠지만 단 몇 분간의 시합을 위해서 지불해야 하는 비용이라고 생각하면 결코 좋은 가성비는 아니었다. 이번에 예정된 대회 장소가 수도권이 아니어서 말 데려가는 운송비며 먹이고 재우는

한겨울에도 파카 껴입고 꾸준히도 말 타러 갔던 나

체류비도 만만치 않게 들었다. 챙겨야 하는 말 짐도 많다. 애기 데리고 한번 외출하려면 분유통이며 기저귀며 심지어 소독을 위해 구연산까지 챙겨 다닌다는 이야기도 들었는데, 말도 더하면 더했지 결코 덜하진 않은 것 같았다.

그래도 그 정도는 한 번쯤 기꺼이 감수해 볼 만하다고 생각했다. 코치님은 처음 예상했던 것보다 비용이 많이 나와서 조심스러워하셨지만, 나는 알자스 승마 여행을 결정했을 때 정도의 고민을 하고 알겠다고 대답했다.

이쯤 되니 승마장에서도 내 직업을 궁금해하기 시작했다.

그러니까 진짜 문제는 비용이나 일정이 아니었다. 그 시간과 돈을

나도 이런 시합장에서 말 타는 날이 오는 걸까?

들여서 나간 대회에서 완주도 하지 못하고 들어온다는 건 상상도 하기 싫었다. 관중들도, 코치님도 아닌 나 자신에게 부끄러울 것 같았다. 감히 비교할 건 못 되지만 왜 선수들이 메달보다 '스스로 만족하는 경기'를 강조하는지 조금 알겠다고 해야 할까. 그런 인터뷰를 보면서 '에이 메달이 중요하지 왜 안 중요해'라고 생각하곤 했지만, 스스로 만족하지 못하는 경기만큼 납득하기 어려운 건 없었다.

그렇게 장애물 특훈이 시작됐다. 낙마를 얼마나 했는지, 이젠 낙마 안 하는 날이 의외일 정도였다. 조금 무리해서 난이도를 높였던 어느 날은 하루 다섯 번 낙마 기록을 세우기도 했다. 나는 운전을 하다가도 과속방지턱 앞에서 속도를 줄이는 걸 까먹고 속으로 '가야지, 가야지'를 외치는 부작용에 시달렸다. 그러면서 점차 휴스턴과의 눈치 게임에서 승기를 잡는 일이 많아졌고 모듈러가 땡깡을 부려도 버텨 내는 힘이 생겼다.

며칠 후 확정된 시합 날짜가 나오자, 나는 정식으로 대한승마협회에 선수 등록을 했다.

본격
시합 준비!

시합 준비를 하면서 그동안 승마를 하며 느낀 즐거움과는 다른 기분이 드는 순간이 많았다. 무작정 달리는 게 마냥 신났던 것은 말을 컨트롤하지 못하면 어쩌지 하는 불안감으로, 장애물 하나 우당탕탕 넘었다고 기뻐했던 것은 좀더 깔끔하게 넘지 못했다는 실패감으로 바뀌었다.

말은 거짓이 없다. 거짓 없이 있는 그대로 진실을 까발린다. 심지어 나의 두려움, 성급함, 짜증 같은 감정들까지도 녀석은 바로 알아차렸다. 말은 타면 탈수록 나의 부족함을 적나라하게 마주하게 하는 거울 같았다.

내가 가장 무서워했던 건 횡목 두 개가 붙여져서 놓여 있는 '옥사(oxer)' 장애물이었다. 옥사를 넘을 때면 내가 자신 없어 한다는 게 말에게도 고스란히 전해지는지, 귀신같이 나의 두려움을 알아채고 장애물을 거부하는 일이 많았다.

"오늘은 코스 한번 뛰어 볼께요."

이렇게 생긴 장애물을 '옥사'라고 한다

높이 40cm의 낮은 장애물 정도는 얼추 안정적으로 넘어 다니게 됐을 때, 새로운 미션이 주어졌다. 경기 영상에서나 보던 '장애물 코스'였다. 여러 개의 장애물을 연속으로 넘는 것이다. 어떤 장애물은 비스듬히 놓여 있기도 하고, 어떤 장애물은 두 개가 직선상에 연달아 서 있기도 했다. 그래도 실제 승마경기에서 볼 수 있는 온갖 모양과 난이도의 장애물들에 비하면 귀여운 수준이었다.

그때부터 또 다른 난관이 시작됐다. 도무지 장애물 코스 순서가 외워지지 않았던 것이다. 보통 장애물은 적게는 5개, 많게는 10개, 11개까지 주어질 때도 있었다. 4개까지는 어쩌저째 기억을 하는데 그다음은 머릿속이 새하얘졌다. 코치님은 아마 내가 서울대 출신이란 걸 한동안 믿지 못하셨을 것 같다. (지금도 못 믿는지도 모른다.)

이 정도 높이가 40cm 장애물이다

    승마의 핵심 중 하나는 '미리 대비하기'다. 말이 제멋대로 굴기 전에 미리, 속도가 너무 빨라지기 전에 미리, 말에게 다음 명령을 내릴 때도 미리, 그리고 다음 장애물 가기 전에 미리 생각하고 준비해야 했다. 그동안 말 컨트롤을 못 해서 낙마를 했던 것들 모두 이 '미리'가 잘 안 돼서 벌어진 참사들이었다. 장애물 코스를 자꾸 까먹는 것 역시 마찬가지. 미리 무언가를 하려면 그만큼 여유가 있어야 하고, 여유가 있으려면 실력이 있어야 하며, 실력이 있으려면 연습만이 살길이었다.

    세상만사 돌아가는 이치는 다 똑같은 것 같다.

    예전에 재즈댄스 선생님이 이렇게 말씀하시곤 했다.
    "머리는 아인슈타인인데, 아래로 전달이 안 돼."

교내 스포츠센터에서 하는 강습이라 수강생들이 전부 서울대 학생, 심지어 석박사과정생들도 있었는데 춤추는 모습이 참 가관이었다. 우리가 동작을 잘 따라하지 못하면 선생님은 최선을 다해서 요령을 설명해 주셨다. 머리 좋은 학생들이라 이해는 빨랐다. 문제는 그게 몸으로 구현이 안 된다는 거였다.

교과서적으로 어떻게 해야 한다는 건 분명히 있다. 하지만 승마는 그보다 '감'이 중요한 운동이었다. 그 감이란 것은 선수마다 코치님마다 각자의 노하우가 있는 것 같았다. 그래서 참 다양하게도 처방을 받았었다. 나중에 생각해 보면 결국은 다 똑같은 이야기였는데 그 '감'을 설명하는 방식이 달랐던 것이다. 결국은 나도 나만의 감을 찾는 것이 필요했다.

융통성도 중요했다. 이번에 이렇게 해 봤는데 안 되면 다음번엔 다른 방법도 시도해 봐야 한다. 오죽하면 똑같은 실수를 반복하는 건 말보다 지능이 낮은 것이라는 말까지 있을까. 나도 '말보다 지능이 낮은 인간'으로 여러 번 판정을 받았다. 무엇보다 말은 기계가 아니다. 지난번 통했던 방법이 이번에는 안 될 수도 있는 거다. 그래도 참 고지식하게 말을 탔다. 대학원에 다니고 있는 동호회 코치님이 가끔 과제를 도와달라며 가져오는데 글 써 놓은 걸 보면 한숨이 절로 나온다. 아마 내가 말 타는 걸 보는 코치님 심정이 딱 그랬지 않았을까 싶다.

재즈댄스 수업에서 우리가 가장 어려워했던 부분이 다름 아닌 '프리스타일 구간'이었으니, 더 말해 뭐 하겠는가.

모듈러와 장애물 연습을 하는 것은 항상 두려웠다. 첫 장애물 레슨

때 낙마했던 그 기억 때문이었다. 어떤 사람들은 낙마 후에 한동안 말을 못 탈 정도로 트라우마에 시달리기도 한다. 굳이 따지자면 예민한 모듈러보다 얍삽한 휴스턴이 더 어려웠지만 어쩐지 두려움은 모듈러를 탔을 때가 더 컸다.

그런 모듈러와 장애물 연속 5개, 7개, 9개를 넘어 11개를 성공했던 날, 나는 모듈러 목을 부여잡고 폭풍 감격을 했다. 누가 보면 올림픽 메달이라도 딴 줄. 그마저도 장애물 한 개 떨어뜨렸는데(*실제 경기였다면 감점이 된다.) 그러거나 말거나 나는 우리가 그날 함께 해낸 일들이 너무나도 자랑스러웠다.

하지만 시합은 조금 더 연습하고 나가라는 하늘의 뜻이었는지, 코치님이 또 한 번 뜻밖의 소식을 갖고 오셨다.

"이번에 시합 못 나가게 됐어요."

이유인즉 대회 참가 신청자가 너무 많아서 선착순에 밀렸다는 것이었다. 코치님도 이런 경우는 생전 처음 본다고 했다. 나는 약간 실망도 했지만 안도감이 더 컸던 것 같다. 아직 준비가 부족했다. 지금 생각해 보면 무모한 도전이었나 싶기도 하다. 그때 그 실력으로 시합을 나갔다면 완주나 제대로 할 수 있었을까?

그렇게 시합 출전은 한여름 밤의 꿈으로 끝나는 듯싶었다.

변화가
필요해

승마장을 갈 때는 항상 긴장이 됐다. 어떤 말과 무슨 운동을 하게 될까. 어떤 새로운 걸 배우게 될까. 오늘은 또 몇 번이나 낙마를 하게 될까. 설렘과 기대 속에 동전의 양면처럼 항상 느껴지는 두려움이 있었다.

무슨 긴장씩이나 하면서 취미 생활을 하러 가냐 싶기도 했지만 그게 또 승마의 매력이었다. 레슨을 마치고 돌아오는 길은 그 두려움이 뿌듯한 성취감으로 바뀌어 있곤 했다. 물론 잘 못한 날도 많았지만 그래도 포기하지 않고 끝까지 해 보려고 애썼다는 사실에 나 자신이 대견했다. 낙마를 해도 도망치지 않고 다시 한번 말에 올랐던 것, 무섭고 잘 안 돼도 한 번 더 해 보려고 애썼던 것, 말에게 짜증 내지 않고 내 잘못을 되돌아본 것. 그렇게 될 것이란 걸 알기에 승마장 가는 길에 느껴지는 긴장감이 나쁘지 않았다.

하지만 그날 아침은 유독 승마장 가는 길이 멀게 느껴졌다. 아니, 이전에 비해 긴장이 많이 되지 않았다. 이 승마장에 온 지 어느새 1년이 다 돼 가던 날이었다.

"코치님이 이번 달까지만 하고 그만두시게 됐어요."

승마장에 도착해 기승서약서를 쓰러 데스크에 갔을 때 직원분이 이렇게 말씀하셨다. 나는 별로 놀라지 않았다. 코치님이 얼마 전부터 귀띔해 주신 소식이었기 때문이다. 나에게는 선택할 수 있는 옵션이 두 가지 있었다. 코치님 따라서 다른 승마장으로 가거나, 이 승마장에서 다른 코치님에게 배우거나.

'긴장이 느껴지지 않는' 저 기분은 이번이 처음이 아니었다. 첫 번째 승마장을 그만둘 때쯤에도 비슷한 느낌이 들었었다. 더 나아지지도, 그렇다고 더 나빠지지도 않은 채 정체돼 있는 기분. 적당히 구보하고 적당히 장애물도 넘을 수 있으니 그렇게 적당히 취미로 즐기면 괜찮은 상태. 하지만 나는 괜찮지 않았다. 이다음 번에 올라가야 할 계단이 눈 앞에 있는데 도저히 다가갈 수가 없어 답답했다. 긴장이 느껴지지 않는다는 것은 다음 단계로 나아가지 못한다는 것과 같은 의미였다. 다시 한번, 변화를 줘야 할 시기가 온 것 같았다.

개인 레슨을 받던 회원이 코치 따라 승마장을 옮기는 건 흔히 있는 일이다. 하지만 승마장을 또 옮기게 될 수도 있다고 생각하니 가장 아쉬웠던 건 바로 이곳 말들과의 이별이었다. 모듈러, 휴스턴, 롬멜, 페가수스, 칼리스토, 엑스원……. 무엇보다 눈에 밟힌 건 모듈러였다. 제일 자주 함께 운동을 하면서 정도 많이 들고 (낙마한) 추억도 한가득인 녀석. 모듈러와 처음 장애물을 넘고 컨트롤이 안 돼 낙마한 지 반년 만에 장애물 코스 11개를 성공했을 때, 그 벅찼던 감동은 아마 평생 잊지 못할 것 같다.

그러면서 진지하게 입양을 할까, 고민을 하기 시작했다. (응?)

포니이지만 초보인 나를 태우고 장애물 90cm까지 넘었던 장애물 천재 엑스원

 말 몸값은 천차만별이다. 억 단위를 자랑하는 말들이 주로 화제가 되곤 하지만 어떤 말들은 단 몇백이면 살 수 있기도, 심지어 다른 말에 끼워서 팔리기도 한다. 이렇게 차이가 나는 이유는 말이 갖고 있는 능력이 다 다르기 때문이다. 그건 선천적인 것도 있겠지만 얼마나 많이 배우고 훈련했는지가 크다. 마치 모듈러가 높이 130cm 장애물을 넘을 수 있는 아이였음에도 훈련을 받지 않아서 아무것도 할 줄 몰랐듯이. 말 가격에는 그동안 이 아이를 키우고 가르치는 데 들어간 시간, 노력, 비용 등등이 포함돼 있는 것이다.

 이런 이야기를 하면 자동차나 자전거 가격과 비슷한 것 같다는 반응이 돌아오곤 했다. 하지만 그것과는 뭔가 많이 다르다. 일단 말은 사람에게서 무언가를 배운다. 강아지가 앉아, 엎드려, 손, 빵야 같은 명령을 알아듣고 어떤 동작을 해야 하는지 배우는 것처럼. 말도 어떤 신호에 어떻게 자신의 몸을 써야 하는지 이해하고 기억한다. 강아지와 차이점이라면 사람과 호흡을 맞추는 게 중요하다는 것. 심지어 말은 지능이 강아지보다 훨씬 높다. 다섯 살 어린아이의 지능은 영악하기만 한 게 아니라 무시무시한 학습능력을 갖고 있지 않은가.

굳이 비교하자면 성능 좋은 자동차가 아니라 섬세한 악기에 가깝다고 할까. 아무리 좋고 비싼 악기라도 연주자 실력이 그에 못 미치면 오히려 더 끔찍한 소리를 낸다고 한다. 실수를 해도 훨씬 적나라하게 드러난단다. 여기까지 들었을 때 정말 말과 비슷하다고 생각했다. 능력이 뛰어난 말일수록 탔을 때 뭐가 잘 안 되고 어려웠었다. 최고급 노트북을 받았는데 지뢰찾기만 하고 있는 기분이랄까.

마장마술이든, 장애물이든, 승마경기에서 겨루는 것은 기승자가 '말을 얼마나 잘 타느냐'가 아니라 '말을 얼마나 잘 훈련시켰는가'다. 굳이 말하면 승부는 사람 실력보다 말의 실력에 달려 있다. 그게 변질되면 '이미 잘 훈련돼 있는' 비싼 말을 구입해 돈 많은 사람이 이기는 판이 되기도 한다. 하지만 이것 하나는 분명하다. 같이 운동하고 배우며 오랜 시간 호흡을 맞춘, 그래서 끈끈한 유대감으로 연결돼 있는 말과 함께하는 사람이 천하무적이라는 것.

그래서인지 모듈러와 헤어지는 것이 더 아쉬웠다. 모듈러는 내가 말에게서 무언가를 배운다는 게 무슨 뜻인지 처음으로 알려 준 말이었고, 처음으로 장애물 코스를 함께 성공한 파트너였다. 남들에겐 예민하고 타기 무서운 말이었을지 몰라도 나에겐 수천만 원짜리 말보다 더 애틋하고 정이 가는 아이였다.

헤어지기 가장 아쉬웠고 지금도 여전히 보고 싶은 모듈러

하지만 말을 입양하게 되면 거기에 따르는 책임감과 부담이 어마어마했다. 먼저 (집에서 같이 데리고 살 거 아니면) 마방 월세가 매달 따박따박 나간다. 때 되면 신발(*편자)도 바꿔 줘야 하고 아프기라도 하면 치료비도 어마어마하다. 그리고 무엇보다 이곳 사장님이 한번 데려온 말은 절대 팔지 않는 분이셨다. 모듈러도 여기 있는 게 더 행복한 것 아닐까. 나는 마음을 접는 대신 모듈러의 등록된 마명을 기억해 두기로 했다. 나중에 다시 만나고 싶을 때 언제 어디서든 찾아갈 수 있게.(*보통 말들은 마사회에 등록된 마명 대신 승마장에서 불리는 이름이 따로 있는 경우가 많다.)

그렇게 나는 코치님을 따라 다른 승마장으로 가게 됐다. 나의 세 번째 승마장이었다.

또 한 번의 기회

코치님과 처음 계획했던 대회가 무산된 후, 시합을 나가는 일은 요원해 보였다. 코치님이 이직을 결심한 데는 본인 시합 준비에 조금 더 집중할 수 있는 환경이 필요했던 이유가 컸다. 나야 경험 삼아 한번 나가 보려고 했던 거지만 코치님에게는 커리어와 직결되는 문제였던 것이다.

그러고 보면 동호회나 승마장에서 여러 젊은 코치님들을 많이 만났지만 대회에 출전하는 모습을 직접 본 적은 없었다. 취미러들 사이에서도 승마지도사같이 일반인들이 도전해 볼 만한 자격증을 준비하는 경우는 많은 데 비해 시합을 준비한다는 이야기는 듣기 힘들었다. 잘은 모르겠지만 시합을 나간다는 건 내 의지만으로 되는 일은 아닌 것 같았다.

그래서 동호회 팀장님이 전화가 와 '다음 달에 대회가 있으니 같이 나가 보지 않겠냐'고 물었을 때, 나는 약간 망설인 후에 곧 알겠다고 대답을 했다.

그 약간의 망설임이 들었던 건 이유가 있었다. '돈이 많이 들어서' 라고 생각하기 쉽겠지만 출전 비용은 생각보다 적게 들었다. 대회 기간이 짧고 장소가 가까운 수도권이었기 때문이다.

그보다 내 마음에 걸렸던 것은 말 한 마리로 세 사람이 출전한다는 조건이었다. 한 사람이 몇 마리나 데리고 나갈지, 혹은 말 한 마리가 몇 사람이나 태울 수 있는지는 시합마다 조금씩 규정이 다르다. 이번에 나갈 대회는 '1마 3인까지 가능'이었다. 그말인즉 나 말고도 두 명이 더 이 말과 호흡을 맞춰야 한다는 뜻이었다.

물론 내 소유의 말이 있지 않은 이상 승마장에서도 항상 같은 말을 여러 사람이 돌아가며 탄다. 그래도 시합을 나간다는 건 조금 느낌이 달랐다. 이전까지는 승마장에서 배정해 주는 대로 이 말 저 말 돌아가면서 탔지만, 지난번 시합을 준비하면서 '파트너'가 될 말을 정하고 꾸준히 그 말과 연습을 하다 보니 정말 말과 호흡을 맞춘다는 게 어떤 의미인지 희미하게나마 알 것 같았다. 이건 내가 일방적으로 말을 조종하는 것도 아니고, 말이 나를 인형처럼 태우고 달리는 것도 아니었다. 글자 그대로 말과 내가 '함께' 무언가를 만들어 가는 과정이었다.

그런데 한 마리의 말로 세 사람이 연습을 하고 호흡을 맞추는 게 가능한 일일까, 그런 걱정이 들었던 거다.

하지만 그 말이 시합을 나가 본 경험이 있는 말이고 내가 타 본 적이 있다면 걱정할 필요 없다는 코치님 말에, 나는 다시 한번 주어진 시합 출전의 기회를 놓치지 않기로 결심했다.

시합 나가는 게 확정된 이후, 파리에서 승마 장비 쇼핑 사투를 벌인 지 1년 반 만에 또 한 번의 쇼핑 전쟁이 시작됐다. 이번에는 시합복 준비다. 승마경기는 복장 규정이 까다로운 편이라 선수들은 시합복을 몇 개씩 갖고 다닌다고 한다. 비가 오거나 낙마라도 했을 때 옷이 더러워질 수도 있기 때문이다. 복장이 불량하면 시합에 출전조차 할 수 없다.

내가 앞으로 시합을 얼마나 나가게 될지는 모르겠지만 그게 한 번이 됐든 열 번이 됐든 대충 입고 나가긴 싫었다. 이미 갖고 있는 크림색 바지를 입어도 되고 여름이라 재킷은 안 입어도 된다고 할 가능성이 높았다.(*날씨가 너무 더우면 주최 측에서 재킷을 입지 않아도 된다고 공지를 하기도 한다. 그렇지 않으면 재킷은 필수다.) 그래도 시합 전용 흰색 바지 하나, 그리고 상의와 깔맞춤 한 재킷 한 세트 정도는 갖고 싶었다.

재킷은 보통 검은색이나 네이비색을 많이 입는데, 또 남들이 많이 입는 색깔은 싫었다. 그렇다고 또 너무 튀기도 싫었다. (어쩌라는 거야) 직구 사이트를 뒤지니 옅은 초록색이나 황금색 옵션들도 보였는데 색깔이 마음에 들면 디자인이 별로였다. 그렇게 전 세계 승마 장비 쇼핑몰을 다 뒤지다시피 한 끝에, 한 덴마크 사이트에서 적당한 가격과 디자인의 회색 재킷을 발견할 수 있었다.

헬멧까지 재킷과 깔맞춤 하고 싶었으나 그랬다간 정말 집안 기둥을 하나 뽑게 될 것 같아서 참았다. 어느 날은 해외 쇼핑 사이트에서 핑크색 헬멧과 핑크색 재킷의 셋뚜셋뚜 조합을 발견하고 심하게 뽐뿌가 왔다. 용기 내어 보낸 문의에 헬멧 가격만 100만 원이 넘는다는 답변이 돌아왔다. 만약 내가 20대 재벌집 딸이었다면 샀을지도 모르지만 지금 나는 하나도 해당 사항이 없으니 어쩔 수 없었다.

'흰색 바지'는 승마 시합복의 상징과도 같다. 평소 승마장에는 흰색은커녕 거무튀튀한 바지 일색이지만 시합장에서만큼은 무조건 흰 바지를 입어야 한다. 낮은 등급이나 생활체육 경기에서는 일반 승마복을 입어도 된다고 해도 다들 그렇게 흰 바지를 챙겨 입고 온다.

사실 여자들은 흰 바지를 입고 승마장에 와도 다들 그냥 그런가 보다 한다. 그런데 흰 바지를 입은 남자를 본다면 '오늘 시합 나가세요?'라고 물어볼 것 같다. 흰 바지가 시합복이란 걸 알기 전이었을 때 '관종인가?'라고 생각했을지도. 남녀 차별이 아니라 인식이 그렇다.

가끔 SNS에서 열 살도 안 됐을 것 같은 금발의 어린 여자아이 선

그렇게 완성된 나의 시합 패션

수가 흰색 포니(*조랑말)를 타고 헬멧, 재킷, 재킹, 말이 쓰는 모자까지 깔맞춤을 한 채 요리조리 시합장을 누비는 영상을 본다. 마치 팀으로 출전하는 경기들에서 선수들이 유니폼을 맞춰 입고 나오듯이. 승마는 말과 사람이 한 팀이니까 말이다. 나도 다음에 정말 '내 말'이 생긴다면 이런저런 것들을 커플룩으로 사고 싶다고 생각했다. 이렇게 전 세계 말 바보들이 재킹과 모자, 발목에 감는 밴디지까지 깔맞춤에 집착하며 승마 용품 산업의 부흥을 이끌고 있다.

무더웠던 여름의 끝자락, 코로나19가 이제는 정말 끝이 났구나를
새삼 느끼게 할 만큼 대면 행사들이 쏟아지고 있었다. 연일 이어지는
행사와 회의들로 지쳐 가면서도 코로나 때가 그립다는 말이 그저 농
담일 뿐이란 걸 안다. 마스크 없는 얼굴로 왁자지껄 떠들고 일행이 몇
명인지 걱정할 필요가 없다는 게, 얼마 전까지만 해도 마음껏 누리지
못했던 자유였다는 사실이 그저 꿈 같다.

동호회에서 함께 나가려고 계획한 대회는 8월 말 어느 주말이었
다. 나는 주중에 짬을 내서 마지막 연습을 하고, 지방으로 정신없는 2
박 3일 출장을 다녀온 뒤, 첫 경기에 나설 준비를 했다.

'낙마하지 말고 완주만 하고 돌아오자!'

그렇게 내 생애 첫 승마시합의 아침이 밝아 왔다.

이번에 나와 호흡을 맞출 아이는 '잭'이라는 더러브렛, 퇴역 경주
마였다. 잭의 원래 마명이 '광풍노도'라는 것을 이번 시합을 준비하며
처음 알았다. 출전 신청을 할 때는 공식적으로 등록돼 있는 이름을 사

용해야 한다. 그 이름을 보니 경주마 시절 잭의 모습이 떠오르는 듯했다. 얼마나 빨리 달렸기에, 아니면 빨리 달리기를 바랐기에, '광풍노도'란 이름을 지었던 걸까.

전날 출장의 여파로 조금 늦은 아침 도착한 시합장은 이미 시작된 오전 경기의 흥분과 열기로 가득했다. 나는 이번에 높이 40cm와 60cm 장애물 경기에 나갈 예정이었다. 40cm 경기가 먼저였는데 내 순번은 꽤 뒤쪽이었다. 장애물 코스 외울 시간이 충분하다는 안도감과, 그 시간만큼 오래 기다려야 한다는 긴장감이 동시에 나를 엄습했다.

작은 대회였지만 프로든 아마추어든 선수들이 만들어 내는 시합장 분위기는 처음 경험해 보는 진지함이 있었다. 그 일원이 될 수 있다는 게 무척이나 설렜다. 운동에 그다지 소질이 없었던 나는 학교 체육대회에서조차 주목받을 일이 없었다. 중고등학교 시절 운동선수 친구들이 교실에서 공부하는 우리를 부러워했었는데, 앉아서 공부밖에 할 줄 몰랐던 나는 스포츠인들에 대한 동경심을 갖고 있곤 했다. 최선을 다해 준비한 결과물을 후회 없이 시합장에서 펼치는 선수들만큼 멋진 건 없다고 생각했다.

나는 점심을 먹는 둥 마는 둥 하고, 마방에서 먹이를 먹고 있는 잭을 만나러 갔다. 그냥 왠지 이 녀석과 함께 있어야 마음이 편할 것 같았다. 경마뿐만 아니라 시합 출전 경험도 많은 잭은 긴장한 기색이 하나도 없었다. 시합 체질인 건지, 고급스런 시합장 마방이 마음에 든 건지, 오히려 집에서보다 더 활기찬 모습이었다.

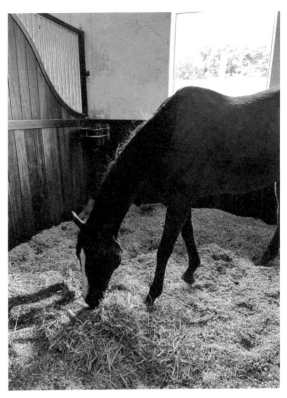

제집인 양 시합장이 편안한 잭

사실 내가 가장 걱정이 됐던 건 나의 고질병, '코스 기억상실증'이었다. 말이 장애물을 거부하거나 낙마를 하게 된다면 실력이 부족했던 것이겠지만, 코스를 까먹어서 경기장을 방황하다 시간 감점이 되는 건 상상만 해도 아찔했다. 연습을 할 때도 장애물을 떨어뜨렸을 때보다 코스를 잊어 먹었을 때 나는 훨씬 더 당황해서 다음에 뭘 해야 할지 도무지 아무 생각도 나지 않았던 것이다.

나는 잭 마방 문에 기대서 아까 봤던 코스를 머릿속에 다시 그렸다. 내가 길치라서 더 코스를 잘 잊어 먹는 걸까. 가만히 제자리에서 전체 코스를 보는 것과, 말과 달리고 있는 눈높이에서 코스를 보는 것은 완전히 다른 그림이었다.

"참가번호 XX번 김지나 선수, 마명 광풍노도입니다."

드디어 내 순서가 다가왔다. 나는 너무 긴장한 나머지 심사석에 인사를 하는 것도 까먹은 채 경기를 시작했다. 잭의 발걸음은 확실히 승마장에서 연습할 때보다 급했다. 앞 선수들을 보니 생각보다 속도를 내야 시간 내에 들어올 수 있는 것 같았다. 나는 내가 컨트롤할 수 있는 한 속도를 늦추지 않고 코스를 이어 나갔다.

하지만 두 번째, 세 번째, 네 번째 장애물을 넘어도 두근거림이 진정되지가 않았다. 수능 때도, 제아무리 많은 청중 앞에서 발표를 할 때도, 첫 스타트만 끊으면 긴장하지 않고 평소의 심박수를 되찾았었다. 그런데 마지막 열 번째 장애물을 넘을 때까지 초긴장 상태가 이어졌다. 관중들의 환호도, 동호회 사람들의 응원도, 아무것도 들리지 않았다. 이 세상에 오직 잭과 나, 둘만 있는 것 같은 시간이었다.

드디어 피니시 라인을 무사히 통과했다. 결과는 인타임 무감점. 제한 시간 내에 감점 없이 들어왔다는 뜻이다! 물론 입상과는 거리가 먼 순위였다. 하지만 나는 그날 우리가, 잭과 내가 함께 해낸 그 결과가 너무나도 자랑스럽다. 고생한 잭의 목을 쓰다듬으며 그제야 나는 안도의 한숨을 내쉬었다.

"물론, 우승은 기분 좋은 일이다. 하지만 말과 함께 온전히 함께 있음을 느끼는 것, 우리가 팀을 이루고 있다는 것, 그것이야말로 세상을

다 가진 기분이다.”

어느 장애물 경기에서 우승한 한 스웨덴 선수가 이야기한 소감이다. 말과 온전히 함께 있음을 느끼는 것. 모듈러와 처음으로 장애물 코스를 성공했을 때, 비바람이 몰아치던 몽골 외승길을 회색 말과 헤쳐 나갔을 때, 시합의 긴장과 희열을 잭과 함께 나누었을 때, 그때의 말로 형용하기 힘든 그 기분이 바로 그것일까. 말은 두려운 대상이 아니라 함께 두려움을 극복하는 파트너라는 것을 실감하는 바로 그 느낌일까.

내년에는 더 높은 장애물 시합에도 도전해 보고 싶다. 앞으로 밟아 나갈 계단이 무한히 펼쳐져 있다는 게 더없이 설렌다. 말은 이토록 놀라운 경험을 나에게 선사하고, 내가 얼마나 약하고 또 강할 수 있는 사람인지 깨닫게 해 주는, 최고의 친구이자 선생님이었다.

요즘 나는 마이크 잡을 일만 있으면 승마 이야기를 한다. 귀족 스포츠라거나 일부 특권층의 전유물이 아닌, 세상을 새롭게 경험할 수 있는 방법으로써, 인간의 하찮음을 깨닫고 다른 생명체를 존중하는 법을 배우는 기회로써 승마의 매력과 가치를 한 사람이라도 더 알기 바라는 마음으로.

승마 꿀TIP_
승마 시합을 나가고 싶으면
어떻게 해야 할까?

시합은 보통 승마장에서 조직적으로 선수와 말을 꾸려 출전하는 것이 일반적이다. 개인이 혼자 다 알아보고 준비하고 다녀오기에는 돈도 많이 들고 신경 써야 할 게 너무 많다. 나도 다른 건 전부 다 승마장에서 챙겨 주셨고 몸만 간 것이라 정확히 무엇을 어떻게 신경 써야 하는지 잘 모른다. 다만 말을 빌리고 데려가는 것부터가 보통 일이 아니라는 건 쉽게 짐작할 수 있다. 그래서 시합 출전이 목표라면 말 관리와 운송, 기타 행정적인 잡일들을 체계적으로 서포트해 줄 승마장이 필요하다.

장애물 시합에서는 나의 경기를 옆에서 보고 디렉션을 주는 코치님이나 다른 선수가 꼭 한 명 있어야 한다. 속도나 거리, 남은 시간 등을 가늠할 때 말 위에서 보지 못하는 것들을 다른 시각에서 보고 알려 주는 역할이다. 그래서 시합을 나갈 때는 말과 선수뿐만 아니라 둘 모두를 잘 아는 코치님도 필요했다. 코치님 중에는 선수 출신이 많기 때문에 시합의 기본적인 룰이나 노하우를 전수받을 수도 있다.

승마장들은 저마다 약간씩 콘셉트가 다르다. 초보자 단체 레슨 위

주인 곳, 외승 전문인 곳, 자격증이나 대회 출전을 목표로 하는 곳 등등. 처음부터 시합 전문 승마장을 다녀도 되지만 마음이 맞는 말과 코치님이 있다면 드림팀을 만들어 봐도 좋다. 실제로 우리가 이번에 그랬다. 비록 부족한 점이 있었을지 몰라도 생활체육인으로서 시합까지 출전해 본 건 정말 멋진 도전이었다고 생각한다.

에필로그
Epilogue

Epilogue
에필로그

"승마는 어디에 좋아요?"

내가 승마를 시작했다고 하니 이런 질문을 하는 사람들이 있었다. 나는 말문이 막혔다. "승마가 왜 그렇게 좋아요?" 혹은 "승마가 그렇게 재밌어요?" 이렇게 물었다면 신이 나서 술술 이야기했을 것 같은데, 승마가 '어디에' 좋은지는 딱히 생각해 보거나 찾아보지 않았기 때문이다. 굳이 말하자면 내 '정신 건강'에 좋다고 하겠지만 이들이 원하는 정보는 그런 게 아닐 테니 대답하기가 애매했다. 나는 잠시 고민하다 그냥 이론적으로 알려져 있는 사실을 읊었다. 유연성을 기르는 데 좋고요, 균형감각도 생겨요. 말은 힘으로 타는 게 아니거든요.

말해 놓고 보니 뭔가 아쉬웠다. 승마가 내 삶에 미치고 있는 지대한 영향을 생각하면 유연성이니, 균형감각이니, 그런 건 사소한 보너스에 불과했다. 내 인생은 승마를 하기 전과 후로 나뉜다고 할 수 있을 정도였다. 난 그래서 승마를 시작한 2021년 10월을 '세컨드 임팩트'라 부르기로 했다.

'퍼스트 임팩트'는 25년 전 일어났다. 1997년 여름, 중학생 꼬꼬마였던 나는 부모님을 따라 베트남행 비행기를 탔다. 그건 내가 태어나서 처음으로 비행기를 타고 떠난 해외여행이었다. 그즈음 아버지는 회사의 해외 사무소를 열기 위해 몇 개월째 베트남에 머물고 계셨고, 겨울이면 온 가족이 베트남으로 이사를 갈 예정이었다. 그 전에 앞서 살 집도 구하고 겸사겸사 맛보기(?) 여행을 간 것이다. 앞으로 몇 년을 살게 될지 모를 낯선 나라로.

그러나 사실 그때 난 매우 시무룩한 상태였다. 베트남에 가야 한다는 건, 게다가 거기서 살아야 한다는 건 중학생 꼬꼬마에게 충격적인 일이 아닐 수 없었다. 베트남? 거기 아직 전쟁 중인 거 아닌가? 미국, 유럽, 캐나다 뭐 이런 멋있는 나라들도 많잖아. 왜 하필 베트남인데…….

호치민 공항을 나와 처음 맞아 본 동남아시아의 후텁지근한 공기는 불쾌했다. 도착했을 때 이미 해가 진 늦은 밤이었다. 어둑어둑한 차창 밖 풍경은 한적하고 또 평범했던 것 같다. 시내로 들어가자 뭔가 내가 알던 도시와는 다르다는 느낌이 스멀스멀 올라왔다. 간판에 보이는 문자들은 분명 알파벳이었지만 낯선 배열에 이상한 기호가 잔뜩 붙어 있었고, 거리는 허름하고 또 지저분했다. 그러던 중에 어디선가 오토바이 한 대가 나타났다. 그리고 또 한 대. 또 한 대.

"여기 오토바이가 되게 많네."

베트남에 온 첫 소감을 이야기하자 아버지가 대답했다.

"내일 아침 되면 더 놀랄걸."

진짜였다. 아침에 일어나 호텔 식당에 밥을 먹으러 내려간 나는 두 번 연달아 놀랄 수밖에 없었다. 일단은 창문에 태연하게 붙어 있는 도마뱀 때문에 한 번 놀랐고, 그다음은 창문 밖에 펼쳐진, 거리를 가득 메운 오토바이의 행렬 때문에 또 한 번 놀랐다. 이럴 거면 차선은 왜 그려 놨나 싶을 정도로 오토바이들은 무질서하게 달리는 것처럼 보였다. 하지만 나름 그들만의 룰이 있는 건지 신기하게도 서로 부딪치지 않고 잘도 지나다니는 것이었다. 그 사이를 요리조리 피해 가며 길을 건너는 사람들도, 모세가 바다를 가르듯 오토바이의 물결을 헤치며 운전하는 기사 아저씨도, 모두가 이 혼돈의 교통 생태계에서 미묘한 조화를 이루고 있었다.

일단 전쟁 중이 아니란 사실을 확인한 후부터는 눈에 보이는 모든 것이 다 신기했다. 거리의 건물들은 하나같이 폭이 좁고 깊이가 긴 특이한 구조였는데, 프랑스 식민지 시절의 영향이라고 했다. 더운 날씨 탓인지 천장은 매우 높았고 모든 천장에는 실링팬이 달려 있었다. 실링팬을 달기 위해서 천장이 높은 건지 천장이 높은 김에 실링팬도 달기 시작한 건지 닭이 먼저인지 달걀이 먼저인지 알 수 없었지만 어쨌든 보통의 한국 아파트에선 분명 불가능한 구조였다. 생전 처음 보는 열대 과일들은 요상한 생김새에 맛은 또 너무 달았으나 그게 왠지 더 도전 의식을 자극했다. 내가 사는 도시, 내게 익숙한 문화, 그게 세상의 전부인 줄 알았던 나에게는 그야말로 엄청난 문화충격이었다.

어린아이의 적응력이란 참으로 놀라운 것이다. 난 빠른 속도로 베트남에서 벌어지는 일상에 익숙해졌다. 이곳에서 살게 될 집과 내가 다니게 될 학교가 기대됐다. 외국 문화가 이렇게 재미있는 것이고 문화에는 다 그만한 이유가 있으며, 이곳에 사는 사람들도 나와 별반 다르지 않은 인간이라는, 어쩌면 매우 당연한 사실을 깨달았다. 여기서도 살 수 있을 것 같다, 그 생각을 넘어 이런 걸 공부하고 싶다고 마음먹게 됐다. 그리고 몇 년이 지나 고등학생이 됐을 때 나는 '인류학'을 전공하겠다고 선언했다.

부모님은 내가 순순히 의대나 법대를 가지 않고 밥벌이도 안 될 것 같은 전공을 하겠다고 하니 기가 차셨겠지만, 탓을 하려면 아버지를 그때 베트남으로 보낸 그 회사를 탓해야 할 것이었다.

우리 가족의 베트남 이주 계획은 IMF 외환위기가 찾아오면서 모두 없던 것이 됐다. 아버지가 몇 달 동안 고생하신 일들은 물거품이 돼 버렸고, 나는 학교도 가지 못한 채 아침마다 스쿨버스를 보며 부러워하는 나날을 보내다 한국의 학교로 다시 돌아갔다. 아쉬움도 잠시, 놀라운 적응력의 10대답게 나는 금세 한국에서의 일상을 이어 나갔지만 베트남을 가기 전과 후의 나는 분명 달라져 있었다.

어쩌면 내가 승마를 해 보자고 생각하고, 바로 그 자리에서 첫 기승 예약을 하고, 몇 달 후 가게 된 프랑스 파리 여행 중에도 말을 타기로 계획한 것은 베트남에서 경험한 '퍼스트 임팩트'의 나비효과였는지도 모른다. 언제 어디서 또 나에게 즐거운 변화가 일어날지 알 수 없다는 생각에 계속 새로운 것을 시도하고 낯선 곳으로 떠나는 일을 즐기게 된 것 같다. 이번 '세컨드 임팩트'는 어디까지 나를 변화시킬까. 설레는 마음으로 나는 오늘도 기꺼이 수십만 원의 기승료를 결제한다.

마음
탄다,
말을
탄다.

초판 1쇄 펴낸 날 ┃ 2024년 4월 26일

지은이 ┃ 김지나
펴낸이 ┃ 홍정우
펴낸곳 ┃ 브레인스토어

책임편집 ┃ 김다니엘
편집진행 ┃ 홍주미, 이은수, 박혜림
디자인 ┃ 이예슬
마케팅 ┃ 방경희
표지 일러스트 ┃ 송치흔

주소 ┃ (04035) 서울특별시 마포구 양화로 7안길 31(서교동, 1층)
전화 ┃ (02)3275-2915~7
팩스 ┃ (02)3275-2918
이메일 ┃ brainstore@chol.com
블로그 ┃ https://blog.naver.com/brain_store
페이스북 ┃ http://www.facebook.com/brainstorebooks
인스타그램 ┃ https://instagram.com/brainstore_publishing

등록 ┃ 2007년 11월 30일(제313-2007-000238호)